辭格比較概述

蔡謀芳著

臺灣 學生書局 印行

增訂韓非子校釋

陳啟天著

臺灣商務印書館印行

序

　　理論的耕耘不深，辭格間的關連就看不清。坊間修辭學專書之辭格介紹，較多用力在文例的蒐集與析賞，較少用力在理論的建構與檢討。本書集結修辭格論著二十篇。這是筆者教授修辭學期間，深思細寫所成。前後體例不盡畫一，但大致都從「辭格之比較」著眼，與一般專書之體例略異。二十篇論著，表面都獨立成篇，裡面則脈絡相連，形成體系。所論辭格，在四十個以上；因爲習見之辭格，普遍都有論及，所以既可供專題研究之參考，亦可作講授、修習之材料。

蔡謀芳 謹序

辭格比較概述

目 錄

1. 譬喻、比擬與轉化

「譬喻」與「比擬」是一對古老的修辭學名詞。近代學人陳望道撰《修辭學發凡》一書，就設它們為兩個辭格之名，並闢了兩個篇幅介紹它們。既然如此，這一對名詞所代表的意涵應是有所區別的——雖然在一般的印象中，它們像是一而二、二而一的關係。翻閱陳書〈譬喻〉篇，作者開宗明義，下了定義說：

> 思想的對象同另外的事物有了類似點，文章上就用那另外的事物來比擬這思想的對象的，名叫譬喻。

令人訝然的是，他在給「譬喻」下的定義中，居然使用了『比擬』一詞。假設這個定義下得不錯，那麼「比擬」就不是獨立於「譬喻」之外的修辭技術了。再看看〈比擬〉一篇，作者給的定義是：

> 將人擬物（就是以物擬人）和將物擬人（就是以人擬物）都是比擬。詩人玉屑卷九，載楊萬里論比擬說：白樂天女道士詩云『姑山半峰雪，瑤池一枝蓮』，此以花比美婦人也。……

這定義略嫌簡單，不足以勘測「比擬」與「譬喻」之界線所在。文中舉了白居易的詩，說那是「以花比美婦人也」。如果我們辯稱那是「以花喻美婦人也」，能否成立呢？陳書名曰「發凡」，所

以敘事簡截。讀者或許得細看書中所舉各例，方能瞭解週延。然而在我們逐一讀完兩篇中所有文例之後，原先的疑惑並未袪除。下面不避麻煩，採其〈譬喻〉與〈比擬〉兩篇之文例而比較之，做成析評數條，以觀其詳：

第一條　〈譬喻〉舊恨春江流不盡，新恨雲山千疊。（辛棄疾·念奴嬌）

　　　　〈比擬〉濃粧呵，嬌滴滴擎露山茶；淡粧呵，顫巍巍帶雨梨花。（喬夢符·揚州夢第三折）

　　　前例之首句，「舊恨」，以「春江流不盡」爲喻；次句，「新恨」，以「雲山千疊」爲喻。若兩句各加一個譬喻語詞（簡稱喻詞）來綰合它們，就成「舊恨如春江流不盡，新恨如雲山千疊。」結果意義不變。可見那喻詞並不必然都得隨文出現。這就是譬喻修辭之法。

　　　後例之首句，「濃粧」，以「擎露山茶」爲喻；次句，「淡粧」，以「帶雨梨花」爲喻。若兩句各加一個喻詞，就成「濃粧呵，嬌滴滴如擎露山茶；淡粧呵，顫巍巍如帶雨梨花。」結果意義沒變。這不也是譬喻修辭法？但原書判爲比擬辭格。

第二條　〈譬喻〉手如柔荑，膚如凝脂…。（詩經·衛風·碩人）

　　　　〈比擬〉桃臉兒通紅，櫻脣兒青紫。（董西廂）

　　　前例，以「柔荑」喻手，以「凝脂」喻膚，喻詞俱在，是譬喻之法。

後例，以桃喻臉（如桃一般的臉），故曰「桃臉」；以櫻喻脣（如櫻一般的脣），故曰「櫻脣」。若各加一喻詞，即成「臉兒似桃」（或「似桃臉兒」）、「脣兒似櫻」（或「似櫻脣兒」）。爲免累贅，所以原文略去喻詞。其修辭之意，實與前例無二；然而原書卻視之爲比擬辭格。

第三條　〈譬喻〉繰成白雪桑重綠，割盡黃雲稻正青。（王安石·木末詩）

〈比擬〉……玉筍纖纖不住搓。（董西廂）

前例，「蠶絲」，以「白雪」爲喻；「麥子」，以「黃雲」爲喻。各省略了喻詞及其所喻之主體。若改寫還原之，即成「蠶絲如白雪」（或「白雪似的蠶絲」）、「麥子如黃雲」（或「黃雲似的麥子」）。所以是屬譬喻修辭法。

後例，「纖纖手指」，以「玉筍」爲喻。不過省略了喻詞及其所喻之主體。若改寫還原之後，即成「手指纖纖如玉筍」（或「玉筍似的纖纖手指」）。與前例相較，並無不同；然而原書判爲比擬辭格。

第四條　〈譬喻〉歲寒，然後知松柏之後凋也。（論語·子罕篇）

〈比擬〉鴻鵠高飛，一舉千里。羽翼已就，橫絕四海，又可奈何？雖有繒繳，尚安所施？（漢書·張良傳）

若說「松柏後凋」是譬喻「操守之不可移」；那麼「羽翼已就」就是譬喻「形勢之不能動了」。若說「鴻鵠」是比

擬「太子」，那麼「松柏」就是比擬「君子」。前後兩例實
屬同類修辭法，然而陳書分別判屬「譬喻」與「比擬」兩
格，說前例是「借喻人在濁世才見得君子守正」，後例是「把
太子擬作鴻鵠，說他得了四皓爲輔，羽翼已成，不能動了」。

第五條　〈比擬〉陽春召我以煙景，大塊假我以文章。（李白·春
　　　　　夜宴桃李園序）

　　　　〈譬喻〉太空時代的潮流，已在呼喚我們了。

　　　　前例，「陽春召我」、「大塊假我」，都以童話般的口吻
述說。句中不用喻詞，也無處可以施用喻詞，所以不屬於
譬喻之修辭法。凡是對一干事物，用人的動作或性能來述
說的，書上說那便是比擬格。所以本例當屬比擬之法。然
而後例「時代的潮流，已在呼喚」，何嘗不是這樣的寫法？
卻被列爲譬喻格。

　　以上五條析論，已見喻、擬二法難以分解之一斑。在一般
印象裡，「譬喻」與「比擬」並不是一對同意詞，所以近代學者
編寫修辭專書，總是將它們分別看待，並多方舉例以證明之。但
結果終是不稱人意。究竟二者能不能分？該不該分？初步裡，我
們認爲這兩個辭格的成分，是有相銜相疊的關係存在。所以學者
們才會一面不承認它們爲同意詞，一面又難以區隔它們。

　　當代學人黃永武先生的著作《字句鍛鍊法》也是一本修辭
學專書。其中也論及「譬喻」與「比擬」兩辭格——不過將「譬
喻」稱爲「取譬」而已，名義應無不同。書中對喻、擬二法之區
隔，表示了一些看法；但終究承認兩者實在是分所難分也。這裡

比照前文，採書中文例，做成析論數條，以見證該書之困境：

第一條　〈取譬〉邵謁自嘆詩：「春蠶未成繭，已賀箱籠實；螬
　　　　　子徒有絲，終年不成匹。每念古人言，有得
　　　　　則有失；我命獨如何？憔悴長如一。」

　　　　〈比擬〉義大利諺語：「翻譯就像女人，漂亮的，可能
　　　　　不忠實；忠實的，又可能不漂亮。」

　　　前例，將一個抽象的哲理「人生有得則有失」，用一個
具體的事例「春蠶未成繭……」來打比，是為譬喻之法。
後例，「翻譯的信達與雅美，難以兼顧」也是一個難懂的道
理，使用一個通俗的事例「翻譯就像女人……」來打比。
為什麼前例屬於譬喻之法，後例就不屬於譬喻之法呢？

第二條　〈取譬〉賴特說：「舊木好燒，老馬好騎，舊書好讀，
　　　　　舊酒好飲，舊朋友也最可信賴。」

　　　　〈比擬〉黃庭堅的詩：「花氣薰人竹破禪，心情其實過
　　　　　中年；春來詩思何所似？八節灘頭上水船。」

　　　前例，說「舊朋友最可信賴」，簡單的比方，就像「舊
木好燒」、「老馬好騎」……。這是譬喻格。後例，說「詩
思枯澀」，淺近的比方，就像「八節灘頭上水船」。二例應
同屬譬喻之法。若說「上水船是文思枯澀的好比擬」，那不
也可以說「老馬好騎是舊朋友最可信賴的好比擬」？又假
使說「不能把朋友比作木、馬……」，那不也可以說「不能
把詩思比作船」？

第三條　　〈取譬〉孟子養氣章：「宋人有閔其苗之不長而揠之者，
　　　　　　　芒芒然歸，謂其人曰：『今日病矣，予助苗長
　　　　　　　矣。』其子趨而往觀之，苗則槁矣。」
　　　　　〈比擬〉祖無擇的詠繭兒詩：「千絲萬縷自經營，本爲
　　　　　　　藏身卻誤身。待得功成歸鼎鑊，不知輕暖屬
　　　　　　　他人。」

　　前例，孟子寫了一個宋人的故事，藉以嘲謔天下多少
揠苗助長的人！後例，祖無擇也寫了一個故事，藉蠶的一
生，嘲謔多少工於心計盤算的人！那爲什麼前例是譬喻之
法，後例就不是呢？原書〈取譬〉篇有段話說：

　　取譬與比擬，有時實在也分所難分，只能說，取譬的目
　　的，在於講明事理的多，且所引的譬喻，都沒有以某比
　　某的明確指示，如賈島的不欺詩：『掘井須到流，結交須
　　到頭。』這種詩很像諺語，一句是正意，另一句是取譬
　　作陪襯的，並不曾明確地將交友比擬作掘井。

言下之意，譬喻格是用來講理的，而且不用『譬喻語詞』來指示；
一旦使用『譬喻語詞』便成了比擬格。但同篇有一處卻這樣寫道：

　　如寒山的詩：『我見謾人漢，如籃盛水走。一氣將歸家，
　　籃裡何曾有？我見被人謾，一似園中韭，日日被刀傷，
　　天生還自有。』嚴格而論，籃子盛水，只能算作譬喻。
　　罵人的結果，就像籃子盛水，最後一無所獲；被罵的結
　　果，就像刀割韭菜，日前剛割，今日早又欣欣向榮了。

詩中，寒山明確地指示了做人的道理，而且用了譬喻語詞「如」、「似」等字，本書並未將之視爲比擬之法。至於說「譬喻是用來講理的」，其實本書〈比擬〉篇中也不乏講理的例子，如「不義而富且貴，於我如浮雲。」（論語）、「人生猶如一座彩色玻璃的大廈，時間的白光照入，便染成五光十色。」（雪萊）。還有前文已提過的「翻譯就像女人……」等例，不都是講理的例子？

「譬喻」與「比擬」兩名詞就這樣若即若離地被人使用著。直到于再春發表〈轉化論〉一文，局面才有了改變。該文曾收錄於洪北江主編的《修辭學論叢》之中。在介紹它之前，我們先抄錄文中兩段資料來看看：

> 比喻是根據相似點舉出另一個常見的或具體的物事來比方出主體的物事，目的在使人明白如見，主要條件在那一個物事必須顯現在文字形式上。人性化（按原文，「轉化」下分人性化、物性化、形象化三種）卻是把人的獨有稱呼、性態意趣和動作，賦與一般動物、植物以至非生物。……比喻裡必定有作爲比喻的物名顯現在文字形式上；物性化雖也必定隱隱地有一個把人化成了物的，可是那名卻絕不在文字形式上顯現出來……『婦人像螞蝗一樣的釘在心上』（尚文章·螞蝗）、『愛情就鳥兒似的飛了』（禹儞·月落），那些裡面作爲比喻的「螞蝗」和「鳥兒」全顯現在文字形式上，自然全屬於比喻手法。假使把那些句子裡的比喻和喻詞一併刪去，單單地說『婦人釘在心上』、『愛情就飛了』，那便成了單純的物性化了。

于再春的〈轉化論〉，論的其實就是比擬法，只是不用舊名詞而已，看他所舉所說的種種，可以證明。上引資料顯示了一對重要觀念，就是：轉化、譬喻二法所使用的材料，基本上都是具有相似點的兩件物事；而在表現的方式上，若藉乙物事來說明甲物事，甲乙雙方平行表出，這便是譬喻之法。若是將乙物事之性態賦與甲物事，甲乙雙方融合表出，那便是轉化之法。因此在譬喻格的文字形式上，乙物事是伴著甲物事的，甚或代替甲物事而表出。而在轉化格的文字形式上，乙物事因與甲物事融合了，所以雙方之形跡在文中是互隱互現的。讀者的普通印象──譬喻格較明朗，轉化格較隱暗──道理在此。即以上述的例子來說，「愛情就鳥兒似的飛了」：『愛情』是甲物事，『鳥兒』是乙物事。甲乙平行表出，是為譬喻。若改寫作「愛情就飛了」：甲物事尚在，乙物事消融了──但將其性態（飛）賦與甲物事，這就成了轉化。

　　人的性態可以賦與物，物的性態也可以賦與人。推而廣之，異類物事之間也可以交相賦與，所以轉化一格就可包含人性化、物性化、形象化等幾個領域了。「轉化」云者，轉，就是「交相賦與」之義；化，就是「雙方融合」的結果。「轉化」之名，能把握到它與譬喻格的相異處；而「比擬」一名，只能把握到它與譬喻格的相似處。從『辨名識物』的立場說，「轉化」之名較優於「比擬」。

　　至於「交相賦與」之義，表現在文法上時，就有多種型態了。例如在「愛情就飛了」一句中，賦與的性態是「飛」，而「飛」是動詞；又如在「顛狂柳絮隨風舞」（杜甫·漫興）句中，賦與的性態是「顛狂」，而「顛狂」是形容詞；再如「風簾自在垂」（陳

克‧菩薩蠻）一句，賦與的性態是「自在」，而「自在」是副詞……
順此線索下去，後來黃慶萱先生寫《修辭學》一書，就從「詞性
分類」上，細分「轉化」的形式了。

由上面的論析可以發現，譬喻與轉化之分別，不在修辭材
料，也不在修辭效果，而在修辭的方式上。若論修辭效果，雖說
「譬喻格較明朗，轉化格較隱暗」；然而可以造就「隱暗效果」
的方法，何止「轉化」一格？即使是譬喻格所造就的，也存在著
各種等級的明暗效果。所謂明喻，所謂暗喻，其分別之意義即在
此。明喻與暗喻之區分，主要在於喻詞的有無。當喻詞被省略後，
譬喻法就呈現較為隱暗的效果，因而近似轉化。但這只是修辭效
果的近似，不是修辭方法的近似。再加上譬喻與轉化二法，取材
範圍本即相類，所以一不留神，學者便可能墮入恍兮惚兮的泥淖
裡了。

一個文例如果使用了喻詞，它就毫無疑問的是個明喻法——
這也是一般學者都把握得住的範圍。真正形成糾葛而難與「轉化」
區分的，實際只在「暗喻」（含隱喻、借喻）的部分——有時誤以
暗喻為轉化，有時誤以轉化為暗喻。《修辭學發凡》以來的困擾，
全是如此。例如「濃粧呵，嬌滴滴擎露山茶……」，只因原文省
略『如』字，便像是「比擬」之法了。又如「鴻鵠高飛……」之
例，不但省略喻詞，連所喻之主體也省略了，於是便更近似「比
擬」了。

董季棠先生的《修辭析論》成書在後，大體已直接（或間接）
接受了〈轉化論〉的觀念；但在舉例說明之際，如前人所犯的種
種糾葛，仍時時可見。例如〈鴻鵠歌〉一首，《修辭學發凡》誤

以爲係屬「比擬」之法，于再春〈轉化論〉已訂正之爲「譬喻」，而《修辭析論》仍列在〈比擬〉篇中。此外，如《世說新語·容止》：

> 有人詣王太尉，遇諸賢在座。還語人曰：今日之行，觸目琳瑯珠玉。

文中以「諸賢」比「珠玉」，亦應屬譬喻之法，而董書定爲比擬。又如朱子〈觀書有感〉：

> 半畝方塘一鑑開，天光雲影共徘徊；問渠那得清如許，爲有源頭活水來。

詩中「把自己的心田比做一口池塘」，也應屬譬喻格，而董書以爲比擬格。

　　以上所示，可見喻、擬二法之糾葛仍有未盡廓清之實。最後附帶推敲一個頗具爭議的文例──白居易〈長恨歌〉：

> 在天願爲比翼鳥，在地願爲連理枝。

究竟這是屬於何種修辭法？句中的兩件物事當然是「故事主人翁」與「比翼鳥」（或「連理枝」）。若拿本篇的觀點來分析：所謂譬喻格，基本上是用喻詞來聯絡兩件物事，然後平行表成文字形式。因爲在文法學上，喻詞算是準繫詞，所以譬喻的句子，就是準判斷句。然而本例的動詞『願』是個祈使動詞，用它所造的句子應是祈使句，不是判斷句，所以本例不屬譬喻格。

　　所謂轉化格，其基本原理是兩件物事之間，性態交相賦與，

然後融合、表成文字形式。然而在本例的句法上，並不見有「比翼鳥」（或「連理枝」）的性態賦與「故事主人翁」的地方，也不見有主客雙方融合表出的現象。所以它也不屬於轉化格。簡單言之，一個句子既用『願』為動詞，便已與「譬喻」、「轉化」全無干涉了。我們試將該句譯成白話：

在天上，希望成為比翼鳥；在地上，希望成為連理枝。

這是一對戀人的誓詞。他們只是希望成為比翼鳥（或連理枝），而不是把自己譬喻作比翼鳥，或轉化成連理枝啊！

2. 從「譬喻」到「象徵」

有人說「譬喻」之功用在「以易知說明難知；以具體說明抽象」。我認為第一句話說得不錯，第二句話就未必妥當。舉個例來看：

君子之交淡若水（莊子·山木篇）

此例之中，被喻為水的，並不是「君子之交」一詞，也不是「淡」一詞，而是「君子之交的滋味」。這滋味，嚴格說來，也不是被喻為「水」，而是被喻為「水的滋味」。將「君子之交的滋味」比做「水的滋味」，才是準確的意思；不過一般人說話、聽話不那麼計較罷了！水的滋味淡，君子交情的滋味也淡；不過水的滋味易知，交情的滋味難曉，因此以「水」為喻，可達說明「交情」之目的。雙方的共同點是「淡」──這是滋味的名稱。如果說「滋味」是一具體名詞，那麼喻與被喻雙方都是具體的；如果說「滋味」是一抽象名詞，那麼喻與被喻雙方都是抽象的。所以說，「譬喻」之功用不在「以具體說明抽象」。

「譬喻」是一種「說明」的方法──用舉例的方式。所以「舉例說明」就是「譬喻」一詞的意義。當一件事情、一個道理不易說明時，就舉個例來輔助。為什麼舉例可以輔助說明呢？我們試做一解析：原來任何一件事、一個物，其本身都含有許多屬性（甚

至有人說：一件事、一個物，就只是這許多屬性的合成體）。事物與事物之間，彼此所具的屬性，有種種相異處，也有種種相同處。當我們在描述事物甲時，取事物乙來譬喻，就是這兩事物之間有共同的屬性，這個譬喻才能成立。所以「譬喻」的實際意義是：藉事物乙的某屬性來映照事物甲的同一屬性；而不是用整個乙來比方甲。因為就「整個」而言，乙與甲是不同的事物；兩個不同的事物，如何能取譬相喻呢？而且我們所要瞭解的也不是整個甲，而是甲的某屬性。因此舉乙為例做說明時，也不必用整個乙，而只用乙的相關屬性即可。

甲、乙既有共同的屬性，那麼乙可以譬喻甲，甲不也可以譬喻乙？這樣說是不錯的，但是這裡有一個尚未論及的相關問題，那就是：為何取乙為譬，可使甲由難知轉為易曉呢？原來並不是任何具有此共同屬性的事物都可以成為乙的，還必須是該事物之表現此屬性，比甲表現得更顯明易見，如此才能成為乙，才可用來說明甲。人們從乙身上瞭解此屬性，進而能瞭解此屬性在甲身上的意義。取譬相喻的道理在此。所以只有以乙喻甲之理，沒有以甲喻乙之理。

總結上文，製作譬喻之要件有二：一是必須有具有共同屬性的甲、乙二事物；二是該共同屬性的表現，在乙身上應比在甲身上更顯明易見。然後一個譬喻才得以成立。舉兩個例來看：

膚如凝脂（詩經·衛風·碩人）

這是以物喻物的例子。關於「皮膚」一物（甲），我們能列舉多少屬性來？關於「凝脂」一物（乙），我們又能列舉多少屬性來？

姑不論多少，兩物之間至少是有共同的屬性，例如「白皙」——
這個屬性爲甲所有，也爲乙所有；但它表現在乙，比表現在甲更
顯明易見，所以詩人就取乙爲喻，將甲有效地說給讀者。

　　賢士之處世也，譬若錐之處囊中。（史記·平原君列傳）

這是以事喻事的例子。關於「賢士處世」一事（甲），我們能列
舉多少它的屬性？關於「錐處囊中」一事（乙），又能列舉多少
它的屬性？不論多少，雙方總是有共同的屬性，例如「立見於世」
一項。雖然這項屬性爲雙方所共有，但它表現在乙方，比表現在
甲方更顯明易見，於是作者就取乙爲喻，將甲有效地說給讀者。

　　以上所說乃譬喻之法的原理。一個具體事物可以說就是許
多屬性的合成體，所以當我們說甲事物、說乙事物時，就等於是
說甲組屬性、說乙組屬性。那麼當我們分解一組屬性而單指其中
一、二屬性時，就是一次的抽象活動——抽出一、二個屬性來。
所以甲、乙各是一個具體事物，而其中一、二屬性則是個抽象概
念。如果我們只將這概念視爲甲、乙的共同屬性，那麼它的意義
就止於「爲乙說明甲」而已。如果我們反客爲主，將這概念獨立
出來，這時甲、乙都只是這一概念下的外延分子而已。此概念的
外延分子當然不只甲、乙二事物而已，它因抽象而具有無限性。
也許它表現在乙身上特別顯明易見，於是人們就用乙事物來代表
此一概念了。這就是象徵之法。所以象徵法之要義有二：一是以
具體事物表抽象意義；二是以有限表無限。從這裡我們可以看見
「象徵」與「譬喻」二法之分野。若就「對象」一要素而論，在
製作譬喻時，我們需有甲、乙兩個對象；而在製作象徵時，只需

乙一個對象。這是兩者在形式上的明顯區分。

　　譬喻的原理已見上文，譬喻法的實際運作則有多種型態。歷來學者對其型態的分類與稱呼，相當紛歧。我們如果只就其表出的形式之完全與否，分作兩類，也許可避開那些紛擾。何謂「形式完全」？如前文所說的，一個譬喻必須有具有共同屬性的甲、乙二事物——甲是主體（亦稱喻體），乙是比方（亦稱喻依）。此外還需要一個聯絡詞——用來表示甲、乙之關係的（亦稱喻詞）。這三部分全備，就是形式完全。若缺任一部分，就是形式不完全。完全與不完全，是作者技巧使用上的選擇，無關作品價值之高低。形式不完全的譬喻之中，重要的一種叫做「借喻」——它只出現「喻依」（乙），而隱藏了「喻體」（甲）。舉個例來看：

　　　　爲政以德，譬如北辰居其所而眾星拱之。（論語·爲政篇）

「譬如」一詞以下就是「喻依」（乙），所喻的對象應該是指一種「政治成效」（甲）——這個「喻體」沒有明白出現於文中；但讀者由上下文意可以解得。這樣的形式叫做「借喻」。如果原文不是隱藏「喻體」，而是確無特定之對象時，就成爲象徵之法了。例如：

　　　　歲寒，然後知松柏之後凋也。（論語·子罕篇）

《論語》這一章共十一個字，全部只寫一件事——松柏後凋於歲寒——不見有何指涉之對象。你可以說它是指「亂世忠臣」，也可以說它是指「寒門孝子」……。所指可以不限一、二種，而且每一種似乎都合宜，這就是象徵之法。

　　修辭學上有一種辭格，稱為「諷喻」，通常被獨立於譬喻格之外。從名稱上看，它應是譬喻格之一款；從表現的形態上看，它實與「借喻」無大差異。所以它的獨立，只是從「內容」、「功能」方面著眼而已。顧名思義，諷者，諷勸、諷刺也。它用「借喻」的形式來陳示義理，以達諷世勸人之目的。單就此而言，前舉「松柏後凋」之例，不也是「諷喻」之例？不過一般所說的「諷喻」還有一個特點，那就是：它不是用一個簡單的事物做喻，而是虛構一個故事做喻。儘管這故事通常情節簡略，不能與一般小說比；但像「松柏後凋」之類——連情節都沒有的，就不能視為諷喻了。

　　說到諷喻的故事，聯想到的就是「寓言故事」了。的確，寓言故事與諷喻的故事，在形式上，在內容、功能上，並沒多少區別。比較重要的一點是：「寓言」算是一種文學體裁，通常它的結構較完備，因此可以獨立成篇。一篇獨立的寓言故事，可以在情節上表現一種意義，這便與「象徵」的原理相同。所以「寓言」，甚至「諷喻」，通常被視為「象徵法」之一種。它們與「借喻」之區別不在形式，而在作用。

　　用一個具體形象，代表一個抽象意義，叫做「象徵」。意義有繁簡，所以形象也有繁簡。簡單的形象可以是一個物、一件事；複雜的形象可以是一個情節、一件作品。總之，形象是具體的、物質的、有限的；而意義是抽象的、精神的、無限的。一個概念的外延分子，就可以代表此一概念。那個外延分子就是一個形象，那個概念就是一個意義。這是自然的象徵法。引申而擴充之，一個形象可以不是自然的事、物，而是人為的設計；因此它所代表

的意義，就是人爲賦予的。例如國旗上的徽誌，代表立國的精神；
國王的權杖，代表國家的權力等等。這是人爲的象徵法。此外還
有一種美學上的象徵法：一個對象原本不具某種意義，因爲移情
作用，詩人的性格、情意移入對象，使對象有了此一性格、情意，
因而能表現一種意義、成就一種象徵。例如：

> 風雨如晦，雞鳴不已。（詩經·鄭風·風雨）

「風雨雞鳴」原只是一個自然現象。詩人在直覺觀照之際，一己
心中的人格理想（「亂世，君子不改其度。」——詩序）不覺移注對方，
於是對方就成爲此「人格理想」之象徵了。

3.「轉化」的類型及其文法環境

壹、轉化類型

劉禹錫〈憶江南〉有句子：

　　弱柳迎風疑舉袂

說柳樹迎風起，疑似人舉袂——兩事相仿，疑為一事。但既曰疑似，即表示：在作者心中，那仍是二事。若改寫作：

　　弱柳迎風舉袂

去掉「疑似」字眼，就表示：在作者心中，兩事已合為一事。如此的表意形式，在修辭學中稱為「轉化」；而劉禹錫原作的形式則稱為「譬喻」。

　　「柳」是柳樹，「袂」是衣袖；「弱柳」是物的姿態，「舉袂」是人的動作。在客觀上，兩者不屬同類概念。所以上文改寫之句，以「弱柳」為主詞，「舉袂」為述詞，乃是一種異常的組合：是

用「屬於人」的概念，去述說「屬於物」的概念——將物之性，轉化爲人之性——此種轉化修辭，在類型上特稱爲「人性化的轉化」。

以「人的概念」去述說「物的概念」，稱爲「人性化的轉化」；那麼以「物的概念」去述說「人的概念」，就稱爲「物性化的轉化」。例如陸機〈門有車馬行〉的句子：

　　親友多零落

主詞是「親友」，述詞是「零落」。「零落」屬於物的概念，「親友」則屬於人的概念。所以這也是一句異常的組合：以「屬於物」的概念，去述說「屬於人」的概念——就是將人之性，轉化爲物之性。此種轉化修辭的類型，即稱爲「物性化的轉化」。

人之性可以轉化爲物之性，物之性也可以轉化爲人之性。那麼天地間事物之性，除了人之性與物之性外，還有什麼呢？陶潛〈擬古〉有句子：

　　未言心先醉

以「心」爲主詞，「醉」即其述詞。這看來也應是一句異常的組合。但它究竟是屬於哪一類型的轉化？若說「心」是屬於人的概念，「醉」也是屬於人的概念；那麼這只是一句正常的組合，無轉化之可言。於是晚近學者開立了一個新的轉化類型，名爲「形象化的轉化」。以上面的詩句爲例來說，「心」雖是屬於人的概念，但卻屬於「抽象」之性質；而「醉」雖也是屬於人的概念，卻屬於「具體」的性質。因此「心」與「醉」的組合，無寧說是以「有

形」的概念去述說「無形」的概念——將「無形象」的概念，轉化為「有形象」的概念。此種轉化的類型，即稱為「形象化的轉化」。

「形象化的轉化」在現代文學中，是常用的修辭技巧。例如陳之藩〈劍河倒影〉的句子：

> 誰知哪一句閒談在腦海中碰出智慧的火花？又誰知哪一個故事在心海中掀起滔天的風浪？

以「閒談」、「故事」為主詞，「碰出火花」、「掀起風浪」即其述詞。這「閒談」與「故事」兩件事，與其說是屬於人的概念，不如說是屬於無形象的概念。因此在「碰出火花」與「掀起風浪」的搭配下，造就了兩個「形象化的轉化」。

自心理學上說，相對於直覺的心理狀態時，萬類是一體、性相是互通的。所以才有文法上的異常組合，及修辭上的轉化技巧。至於轉化類型之釐定，在理論上需先能區分一切事物所屬之概念，然後可依據概念種類之組合，來認定類型。前述三種類型的基本構想是以為：天地間事物的概念，不屬於人，即屬於物；不是有形的，即是無形的。所以論及轉化的類型，不是屬於「人性化的轉化」，就是屬於「物性化的轉化」；再不就是屬於「形象化的轉化」。但上述的概念區分法，因為彼此間並不具有「排斥性」（exclusion），因此某一事物的概念便可能同時兼屬於此類及彼類。例如「心」，既屬於人的概念，也屬於無形象的概念。如此一來，儘管我們能覺察到概念組合的異常性，也未必能認定這個組合的類型之所屬。

概念的種類,從單純的到複合的,其間有無窮的層級。因此概念的分類本極困難。面對此等困擾,我們的學術態度在此可能需做一個調整。那就是說:我們對轉化類型的認定,可能需採較寬緩的標準。例如上述陳之藩的句子,我們是已斷為「形象化的轉化」。但若有人辯稱:「閒談」、「故事」是屬於人的概念,「碰出火花」、「掀起風浪」是屬於物的概念,因此那是一個「物性化的轉化」。對此,我們也實在沒有足夠的理由去否定它。因此說:在轉化類型的認定上,學者們是頗有一個可以自由詮釋的空間的。

貳、文法環境

前文說了,當主詞與述詞作異常組合時,主詞所屬的概念就被述詞所屬的概念轉化了。我們因此又可以稱前者為「被轉化者」,稱後者為「轉化者」。但實際並非所有的「被轉化者」與「轉化者」都屬於主詞與述詞的關係。易言之,主詞與述詞所組成的文法環境,並非轉化修辭的唯一活動環境。下文即將對轉化活動的各環境,做一全面的介紹。

首先介紹「被轉化者」。用文法觀念來說,可以被轉化的對象有四種詞,就是:主詞、受詞、形容性主體詞、領屬性附加詞。關於這四種詞的意義,說明如下:

一、主詞

一個句子的組成單元是主詞與述詞。例如「花開」、「月圓」

是兩個句子,「花」、「月」各是主詞,「開」、「圓」各是述詞。述詞即所以述說主詞者;如果主述雙方作異常組合,這主詞就成為「被轉化者」。

二、受詞

一個「結合式複詞」的組成單元是動詞與名詞。這名詞即是那動詞的受詞。例如「畫圖」、「寫字」是兩個結合式複詞,「畫」、「寫」各是動詞,「圖」、「字」各是其受詞。受詞即所以接受動詞之動作者;如果雙方作異常組合,這受詞就成為「被轉化者」。

三、形容性主體詞

一個「組合式複詞」的組成單元是形容詞與名詞。這名詞即是那形容詞的主體詞。例如「紅花」、「綠葉」是兩個組合式複詞,「紅」、「綠」各是形容詞,「花」、「葉」各是其主體詞。主體詞即所以接受形容詞之修飾者;如果雙方作異常組合,這主體詞就成為「被轉化者」。

四、領屬性附加詞

領屬性附加詞,又稱「所有格」。「所有格」的對象是名詞,這名詞就是主體詞;而「所有格」就是其附加詞。例如「我的家」一個複詞,「家」是主體詞,「我」就是其附加詞;如果雙方作異常組合,這附加詞就成為「被轉化者」。

其次介紹「轉化者」。因為「轉化者」與「被轉化者」是相對待的關係,所以前文介紹「被轉化者」時,實已說及「轉化者」。

如「領屬性附加詞」的「轉化者」是其主體詞；這主體詞與其附加詞的組合，即形成一種文法環境。又如「形容性主體詞」的「轉化者」是其附加詞；這附加詞與其主體詞的組合，即形成一種文法環境。再如「受詞」的「轉化者」是其動詞；這動詞與其受詞的組合，即形成一種文法環境。至於「主詞」的「轉化者」就是其「述詞」。而「述詞」的內容較爲雜多，舉凡動詞、形容詞、名詞、副詞等，都可能是其組成單元。而這些單元個別都可以成爲「主詞」的「轉化者」。因此它們的組合，即可形成四種文法環境。

總計上述，「被轉化者」有四種：主詞、受詞、形容性主體詞、領屬性附加詞；「轉化者」也有四種：動詞、形容詞、名詞、副詞。雙方組合而成的文法環境乃有七種：「主詞與動詞」、「主詞與形容詞」、「主詞與名詞」、「主詞與副詞」、「動詞與受詞」、「形容性附加詞與主體詞」、「領屬性附加詞與主體詞」。又暫定轉化修辭的類型有三種：「人性化的轉化」、「物性化的轉化」、「形象化的轉化」。那麼前後相乘 ➡三七得二十一，轉化技巧便可得二十一個款式。爲此，下文將蒐羅二十一個文例，來印證上述這個系統。今試以七種「文法環境」爲經，三種「轉化類型」爲緯，依次舉例說明於後。

一、主詞與動詞（即以動詞轉化主詞）

（一）人性化的轉化

　　沙上並禽池上暝，雲破月來花弄影。（張先・天仙子）

末句「花弄影」，主詞「花」是屬於物的概念；動詞「弄」是屬於人的概念。以人的概念去轉化物的概念，所以這是屬於「人性化的轉化」。

（二）物性化的轉化

　　朋交日凋謝，存者逐利移。（韓愈·寄崔二十六立之詩）

首句「朋交日凋謝」，主詞「朋交」是屬於人的概念；動詞「凋謝」是屬於物的概念。以物的概念去轉化人的概念，所以這是屬於「物性化的轉化」。

（三）形象化的轉化

　　千古江山，英雄無覓孫仲謀處；舞榭歌臺，風流總被雨
　　打風吹去。（辛棄疾·永遇樂）

末句「風流總被雨打風吹去」，主詞「風流」是屬於無形象的概念；動詞「雨打風吹」是屬於有形象的概念。以有形象的概念去轉化無形象的概念，所以這是屬於「形象化的轉化」。

二、主詞與形容詞（即以形容詞轉化主詞）

（一）人性化的轉化

　　江雨霏霏江草齊，六朝如夢鳥空啼。最是無情章臺柳，
　　依舊煙籠十里堤。（陸游·卜算子）

第三句「最是無情章臺柳」，主詞「章臺柳」是屬於物的概念；形容詞「無情」是屬於人的概念。以人的概念去轉化物的概念，

所以這是屬於「人性化的轉化」。

（二）物性化的轉化

> 屈原既放，遊於江潭，行吟澤畔；顏色憔悴，形容枯槁。
> （楚辭·漁父）

末句「形容枯槁」，主詞「形容」是屬於人的概念；形容詞「枯槁」是屬於物的概念。以物的概念去轉化人的概念，所以這是屬於「物性化的轉化」。

（三）形象化的轉化

> 更長酒力短，睡甜詩思苦。（楊萬里·夜雨不寐詩）

文中三小句「酒力短」、「睡甜」、「詩思苦」，主詞分別為「酒力」、「睡」（睡意）、「詩思」，均是屬於無形象的概念；其形容詞分別為「短」、「甜」、「苦」，均是屬於有形象的概念。以有形象的概念去轉化無形象的概念，所以這是屬於「形象化的轉化」。

三、主詞與名詞（即以名詞轉化主詞）

（一）人性化的轉化

> 登樓對雪懶吟詩，閒倚欄杆有所思；莫怪世人容易老，
> 青山也有白頭時。（駱綺蘭·對雪）

末句「青山也有白頭時」，主詞「青山」是屬於物的概念；名詞「白頭」是屬於人的概念。以人的概念去轉化物的概念，所以這是屬於「人性化的轉化」。

（二）物性化的轉化

> 七月又怎麼了？所有的花應該都開了
>
> 而他卻長滿了一頭白白的蘆葦（沙穗·老宅）

末句「他卻長滿了一頭白白的蘆葦」，主詞「他」是屬於人的概念；名詞「蘆葦」是屬於物的概念。以物的概念去轉化人的概念，所以這是屬於「物性化的轉化」。

（三）形象化的轉化

> 盡日尋春不見春，芒鞋踏破隴頭雲。歸來笑拈梅花嗅，
>
> 春在枝頭已十分。（鶴林玉露·佚名）

末句「春在枝頭已十分」，主詞「春」是屬於無形象的概念；名詞「十分」是屬於有形象的概念。以有形象的概念去轉化無形象的概念，所以這是屬於「形象化的轉化」。

四、主詞與副詞（即以副詞轉化主詞）

（一）人性化的轉化

> 桃花聽得入神，禁不住落了幾點粉淚。（許地山·春的林野）

上下句主詞「桃花」是屬於物的概念；副詞「入神」、「禁不住」均是屬於人的概念。以人的概念去轉化物的概念，所以這是屬於「人性化的轉化」。

（二）物性化的轉化

> 獨鳴道德驚此民，民之聞者源源來。（王安石·寄贈胡先生詩）

末句「民之聞者源源來」，主詞「民之聞者」是屬於人的概念；
副詞「源源」是屬於物的概念。以物的概念去轉化人的概念，所
以這是屬於「物性化的轉化」。

（三）形象化的轉化

> ……當其取於心而注於手也，汨汨然來矣。（韓愈·答李翊
> 書）

末句「汨汨然來矣」，主詞是「文思」，屬於無形象的概念；副詞
「汨汨然」是屬於有形象的概念。以有形象的概念去轉化無形象
的概念，所以這是屬於「形象化的轉化」。

五、動詞與受詞（即以動詞轉化受詞）

（一）人性化的轉化

> 浮生長恨歡娛少，肯愛千金輕一笑？爲君持酒勸斜陽，
> 且向花間留晚照。（宋祁·玉樓春）

第三句中「勸斜陽」，動詞「勸」是屬於人的概念；受詞「斜陽」
是屬於物的概念。以人的概念去轉化物的概念，所以這是屬於「人
性化的轉化」。

（二）物性化的轉化

> 網羅天下異能之士，至者前後千數。（漢書·王莽傳上）

首句「網羅天下異能之士」，動詞「網羅」是屬於物的概念；受詞「異能之士」是屬於人的概念。以物的概念去轉化人的概念，所以這是屬於「物性化的轉化」。

（三）形象化的轉化

> 耕道而得道，獵德而得德。（揚雄·法言·學行）

前後兩句中「耕道」、「獵德」，動詞「耕」、「獵」均是屬於有形象的概念；受詞「道」、「德」均是屬於無形象的概念。以有形象的概念去轉化無形象的概念，所以這是屬於「形象化的轉化」。

六、形容性附加詞與主體詞（即以附加詞轉化其主體詞）

（一）人性化的轉化

> 自在飛花輕似霧，無邊絲雨細如愁。（秦觀·浣溪沙）

首句中「自在飛花」，附加詞「自在」是屬於人的概念；主體詞「飛花」是屬於物的概念。以人的概念去轉化物的概念，所以這是屬於「人性化的轉化」。

（二）物性化的轉化

> 慈愛異常母，督責如嚴師；裁其跅弛，以全其昂昂千里之資。（孫中山·祭蔣母王太夫人）

末句中「昂昂千里之資」，附加詞「昂昂千里」是屬於物的概念；主體詞「資」（資質）是屬於人的概念。以物的概念去轉化人的概念，所以這是屬於「物性化的轉化」。

（三）形象化的轉化

> 折梅逢驛使，寄與隴頭人；江南無所有，聊贈一枝春。（陸
> 凱·寄贈范曄）

末句中「一枝春」，附加詞「一枝」是屬於有形象的概念；主體
詞「春」是屬於無形象的概念。以有形象的概念去轉化無形象的
概念，所以這是屬於「形象化的轉化」。

七、領屬性附加詞與主體詞（即以主體詞轉化其附加詞）

（一）人性化的轉化

> 傳說北方有一首民歌
> 只有黃河的肺活量能歌唱
> 從青海到黃海
> 風　也聽見
> 沙　也聽見（余光中·民歌）

次句中「黃河的肺活量」，附加詞「黃河」是屬於物的概念；主
體詞「肺活量」是屬於人的概念。以人的概念去轉化物的概念，
所以這是屬於「人性化的轉化」。

（二）物性化的轉化

> 你不妨搖曳著一頭的蓬草，不妨縱容你滿腮的苔蘚。（徐
> 志摩·翡冷翠山居閒話）

前後句中「一頭的蓬草」、「滿腮的苔蘚」，附加詞「一頭」、「滿

腮」均是屬於人的概念；主體詞「蓬草」、「苔蘚」均是屬於物的概念。以物的概念去轉化人的概念，所以這是屬於「物性化的轉化」。

（三）形象化的轉化

> 秋風秋雨打碎了你的睡夢；迷茫和惆悵的網卻織滿了你的心胸。（徐志摩·仄徑）

末句中「迷茫和惆悵的網」，附加詞「迷茫和惆悵」是屬於無形象的概念；主體詞「網」是屬於有形象的概念。以有形象的概念去轉化無形象的概念，所以這是屬於「形象化的轉化」。

　　「轉化」的定義，簡言之，就是語文的異常組合：若從材料之性質說，便有三種的組合類型；若從組合的文法關係說，便有七種文法環境。假定所論不誤，那麼兩相乘積之所得，便是轉化修辭之總款數。

4.「轉化」與「拈連」之
內在聯繫

　　一個主詞配一個述詞，即成一個句子，表達一個意念。所
謂述詞，就是用來述說「主詞之狀態」者。一個句子是一個語言
環境，凡適用於此環境之述詞，即能在此環境中完成一個意念之
表出。述詞的適用性取決於兩個因素：一是外在的因素——指該
述詞被使用的習慣；一是內在的因素——指該述詞本身所具之意
涵。我們說一個述詞是否適用於一個語言環境，乃是綜合此二因
素而判斷的。因此說：不適用於某一語言環境的述詞，一個可能
是述詞本身即不具備可在此環境中表成一個意念之意涵；另一可
能是述詞本身雖具此意涵，可以在此環境中表成一個意念，但因
不合於一般使用之習慣，因而未能通行者。我們說「月殘」，也
說「月缺」；然而只說「花殘」，不說「花缺」。「殘」與「缺」二
詞不是沒有相同的意涵，但因使用的習慣隔閡，遂致不能通用。
這是外在的因素使然。另外，我們說「海枯」、「石爛」，而不說
「海爛」、「石枯」，這就不是外在因素的緣故，而是「枯」與「爛」
二詞之意涵本即不同，交換使用之後，就不能表成意念了。所以
這是屬於內在因素的問題。

張先的詞說：

午睡醒來愁未醒。（天仙子）

句中述詞是兩個「醒」字，它述說了兩個主詞「睡」與「愁」之狀態。楚蘭芳的詞說：

悶減愁消。（粉蝶兒）

句中述詞之一是「消」字，它述說了主詞「愁」之狀態。通常我們的習慣是說「睡醒」、「愁消」，而不說「睡消」、「愁醒」。所以一旦換用之後，「醒」與「消」二字便都成為不適用的述詞了。然而這裡的不適用，是外在因素之故，不是內在因素使然。我們不是也說「睡意已消」嗎？「睡意已消」一句所表的即是「睡醒」之意。由此可見「消」與「醒」二詞之意涵並未乖隔。說「醒」字不宜述說「愁」，正如說「消」字不宜述說「睡」一樣，它們的不宜，並非本身意涵不能表成意念，而是一般之使用沒這習慣罷了。

修辭學中的「轉化」，早期稱為「比擬」。其原理就是：在一個語言環境裡，使用了一個不合適的述詞——但此一不合適，是外在因素之故，而非內在因素使然。換言之，它仍能表成一個意念，只是不合普通表達習慣而已，因而使人產生異樣的感覺，也因之而有了「轉化」的名稱。下面試看三個成例：

第一例：

顛狂柳絮隨風舞，輕薄桃花逐水流。（杜甫·漫興）

前句述詞「舞」，述說主詞「柳絮」的狀態。在一般使用習慣裡，「舞」字是用來述說「人」的，不是用來述說「柳絮」的，所以這個述詞是不適用於上述之語言環境的。但這個不適用，只是外在因素之故。換言之，它仍能表成一個意念，所以合乎「轉化」修辭的原理。因爲「舞」字本適用於「人」，如今用來述說「柳絮」，所以此一轉化又稱爲「人性化」。

第二例：

> 丈夫生世會幾時，安能蹀躞垂羽翼？（鮑照·行路難）

後句述詞「垂羽翼」，述說主詞「丈夫」之狀態。在一般使用習慣裡，這個述詞是用來述說「鳥」的，不是用來述說「人」的，所以它是不適合上述之語言環境的。但是它仍能表成一個意念，所以合乎「轉化」之原理。因爲「垂羽翼」一詞本適用於「鳥」，如今用來述說「人」，所以此一轉化又稱爲「物性化」。

第三例：

> 舞榭歌臺，風流總被雨打風吹去。（辛棄疾·永遇樂）

末句述詞「雨打風吹」，述說主詞「風流」之狀態。在一般習慣裡，這個述詞是用來述說「有形物」的，而「風流」則是一個「無形物」，所以此述詞也不適合上述的語言環境；但仍能表成一個意念，所以也是個轉化修辭法。因爲「雨打風吹」一詞本適用於「有形物」，如今用來述說「無形物」，所以此一轉化特名爲「形

象化」。

陳望道《修辭學發凡》一書中，有「比擬格」，也有「拈連格」。但在「拈連格」中所舉諸例，乃多半與上述「形象化」之例相彷彿，遂造成辭格界限不明之局。茲逐一檢討如下：

〔例一〕無言獨上西樓月如鉤，寂寞梧桐深院鎖清秋。（李煜·相
　　　　見歡）

末句「深院鎖清秋」，若換個文法形式作「清秋被鎖於深院中」，即可看見它與上述「風流總被雨打風吹去」一句之理相同：述詞「鎖」，述說主詞「清秋」之狀態。在一般習慣裡，這述詞是用來述說「有形物」的，而「清秋」則是一個「無形物」。所以此述詞是不適合上述之語言環境的；但仍能表成一個意念，所以是個轉化的修辭法。

〔例二〕對瀟瀟暮雨洒江天，一番洗清秋。（柳永·八聲甘州）

末句「暮雨洗清秋」，仿照上例來看，換個文法形式作「清秋被暮雨洗」：述詞「洗」，一般是用來述說「有形物」的，而此主詞「清秋」乃是個「無形物」，所以說此述詞是不適合此語言環境的；但仍能表成一個意念，所以也是一個轉化修辭之法。

〔例三〕重門不鎖相思夢，隨意遶天涯。（趙時·錦堂春）

正如前例「深院鎖清秋」之理，「鎖」一般是用來述說「有形物」的，而「相思夢」則是個「無形物」，所以這也是一個轉化修辭的例子。

〔例四〕一夜東風，吹散枕邊愁多少？數聲啼鳥，夢轉紗窗曉。

　　（曾允元·點絳脣）

「東風吹散枕邊愁」，猶如「暮雨一番洗清秋」之句。「愁」是無形物，「吹散」一詞則習慣用來述說有形物，所以這仍是一個轉化修辭的例子。

〔例六〕出門萬里客，中道逢嘉友，未言心先醉，不在接杯酒。

　　（陶潛·擬古九首之一）

文中述詞「醉」字，述說主詞「心」之狀態。「心」是無形物，「醉」字使之形象化，所以這也是個轉化修辭之法。

〔例七〕敲碎離愁，紗窗外風搖翠竹。人去後吹簫聲斷，倚樓人

　　獨。……（辛棄疾·滿江紅）

「風敲碎離愁」，猶如上例「東風吹散枕邊愁」之句。「離愁」是無形物，述詞「敲碎」使之形象化，所以也是個轉化修辭。

　　上舉七例，實缺第五例。這第五例就是前文已提及的張先詞：

　　　　水調數聲持酒聽，午睡醒來愁未醒。送春春去幾時
　　　　回？……（天仙子）

末句「愁未醒」，正如前面第六例的「心先醉」。述詞「醒」字，述說主詞「愁」，而使之形象化。這述詞，習慣上並不適用於這個語言環境；但其意涵實可相合表成一個意念，所以便成就了一

個轉化之修辭法。這是它與其餘六例相同的地方。但就其上下文的表現方式而言,實際與其他六例並不相同。不相同之處在於:「愁未醒」一句之述詞「醒」字,在上句「午睡醒來」中,已出現一次;而且「午睡醒來」之語言環境,正是「醒」字所適用的環境。如此這般地,一個述詞同時出現在前後兩個語言環境裡,其中一個適用,一個不適用,然而都能表成意念。──這是此第五例所特有而爲其他六例所沒有的地方。再說,這述詞出現在這兩個語言環境裡,其中一個適用,一個不適用,而都能表成意念;其中適用的,就是合乎普通習慣的常態句子;而不適用的,就是轉化修辭的句子。

話說至此,我們不得不認爲《發凡》書中「拈連格」下所舉諸例,只有第五例是合乎標準的拈連法;其餘六例實屬轉化法的領域。《發凡》一書在舉例之前是先有定義的。它的定義這樣寫:

> 甲乙兩項說話連說時,趁便就用甲項說話所可適用的詞彙表現乙項觀念的,名叫拈連辭。

讀此定義可見「拈連格」必具兩個條件,其一是:「必須有連說的甲乙兩句」,其二是:「必須乙句趁便共用甲句的述詞」。依此標準來檢視其書中所舉各例,如例一(梧桐深院鎖清秋)、例三(重門不鎖相思夢)、例四(東風吹散……愁多少),都是單句,並沒有連說的兩句。至如例二「瀟瀟暮雨洒江天……洗清秋」、例六「未言心先醉,不在接杯酒」、例七「敲碎離愁……風搖翠竹」雖都有連說的兩句,但句中述詞並未共用。所以說上述這六

個例子並未符合其書所下的定義。

　　儘管舉例不當，大抵而言，《發凡》所敘述之定義是正確的。唯一可挑剔者在其敘述之精密度有所不足。例如它說「甲乙兩項說話連說」，此中所指的甲乙兩項，究竟是任意的兩項？或是有條件的兩項？並無交代。下面且先看一個例子：

> 　一顆流星，墜落了；墜落著的，有清淚。（廣田·流星）

從文法上說，此例包含兩個句子，一寫「流星墜落」，一寫「清淚墜落」。其中述詞「墜落」，先是述說甲句的「流星」，之後趁便述說乙句的「清淚」。若以《發凡》的定義衡量之，這便已是一個拈連修辭法了。但據我們上面的理論而言，這個例子仍不得算是合格的拈連法。一個合格的拈連法，不只要求有兩個使用相同述詞的句子，更要求有兩個呈現不同語言環境的句子——習慣上一個適用此述詞，一個不適用此述詞——因而才能造成前後相連的兩個句子，一個是常態句，一個是轉化句。上面的例子，同用的述詞是「墜落」——這述詞在習慣上不但適合「流星」，也適合「清淚」；所以前後兩個都是常態句，沒有一個轉化句。因而就不得算是「拈連修辭」之法。

　　成偉鈞等人編著《修辭通鑑》一書，對於「拈連格」之定義有較詳審的敘述。茲摘錄其部分要點於下：

> 　拈連即兩事物連說時，把本來只適用於甲事物的詞語，拈來用在乙事物上，使甲乙兩事物自然地連在一起。……
> 　拈，就是將某一詞語從通行的語言環境「拈」到一般不

可通行的語言環境；連，就是使兩種不同語言環境同時
出現，從而把甲乙兩事物連在一起。拈連由「本體」、「拈
詞」、「拈體」組成。「本體」是常格，即出現在通行的語
言環境，合乎語法邏輯規範。「拈詞」即能把兩事物連接
起來的詞，多為動詞和形容詞，也可以是其它詞類。「拈
體」是由「拈詞」連接起來組成的新的詞語。它是變格，
它越出語法邏輯規範。……拈連的修辭作用，主要在於
運用聯想溝通事物之間的內在聯繫，使人由此及彼、由
表及裡地揭示事物的內在含義。

原來《發凡》之定義中所稱「甲乙兩項說話」，在《通鑑》中已
明訂為「兩種不同語言環境」。因為是不同的語言環境，所以同
一述詞既適用於甲，便不適用於乙。這個述詞，《通鑑》特名為
「拈詞」。因為它本只適用於甲，如今拈來使用於乙，所以甲句
是普通句，乙句便成了轉化句。這兩種句法，在《通鑑》中又分
別稱為「常格」與「變格」。這一常一變兩個句子所表現的語言
環境是不同的；如今同用一個述詞，而都能表成意念，足證：這
兩個語言環境之不同，也只是外在因素的緣故，不是內在因素使
然。換言之，這兩個語言環境，外表是隔閡的，內部是相通的。
《通鑑》稱此為「內在聯繫」。兩個語言環境既有此內在聯繫，
讀者只要運用聯想力，即可由此及彼、由表及裡，加以溝通。

由《通鑑》的定義看來，欲造就一個拈連格，句子不能只
有一個，拈詞也不能只出現一次。所以該書所舉的例子，就都與
《發凡》書中之第五例同型，而與其餘六例不同型。試看其一：

不多一會兒，馬達聲音響動了，機器上的鋼帶挽著火柴
杆兒，一小束一小束的密密地排得很整齊，就像子彈帶
似的，轆轆地滾著滾著。周仲偉的思想也滾得遠遠的。……
（茅盾·子夜）

用《通鑑》的語言說，「機器上的鋼帶」是「本體」，「周仲偉的
思想」是「拈體」，「滾」就是「拈詞」。因為後句拈用前句的述
詞，所以這「拈詞」在文中即不只出現一次。原理必定是這樣，
但表現的型態並非一成不變的。請看另一例：

這是多美麗、多生動的一幅鄉村畫。作者的筆真像是夢
裡的一支小艇，在波紋瘦縑縑的夢河裡蕩著，處處有著
落，卻又處處不留痕跡……（徐志摩·志摩的欣賞）

文中「作者的筆」是「本體」，「夢裡的一支小艇」是「拈體」，「蕩」
就是「拈詞」。此例「拈詞」雖只出現一次，但仍屬於「拈連」
之法。理由是作者將甲乙兩句合成一句寫——用譬喻詞（「像是」）
將「本體」與「拈體」連成一體，因此「述詞」只需使用一次。
雖只使用一次，但在文意上畢竟兼承「本體」與「拈體」而述說
的，所以仍具有「兩次」的意義。《通鑑》稱此型態的拈連為「比
喻拈連」。

「午睡醒來愁未醒」一例是兩個主詞（「睡」、「愁」）拈用同
一述詞（「醒」）。上面「比喻拈連」之例，其實也是此理，不過
略變型態而已。此外，「拈連格」表現成「兩個受詞拈用同一動
詞」的例子也很多。例如胡適的詩：

　　山風吹亂了窗紙上的松痕，吹不散我心頭的人影。(秘魔崖
之夜)

　　本體「窗紙上的松痕」與拈體「我心頭的人影」是句中兩
個受詞；共用的動詞「吹」則是「拈詞」。此例型態與上述兩例
略異，而都合乎拈連修辭之原理。那麼，關於拈連格的型態分類，
我們或許可以由此切入，將之分爲三個類型：一是「雙主詞拈連」，
二是「比喻拈連」，三是「雙受詞拈連」。

5.「移就」不外「轉化」

　　事物的狀態可大別爲兩類，一類是動態，一類是靜態。動態是指事物的動作，靜態是指事物的性質。在文法而言，事物是名詞，動作是動詞，性質是形容詞。述說事物的動作，是敘事句；述說事物的性質，是表態句。例如成語「春暖花開」是兩個句子：「春暖」是表態句——「春」是主詞，「暖」是形容詞——述說春的性質；「花開」是敘事句——「花」是主詞，「開」是動詞——述說花的動作。

　　事物的狀態來自事物的屬性。有什麼屬性，才有什麼狀態；沒有哪些屬性，就沒有哪些狀態。「春暖」、「花開」，沒人寫成「春開」、「花暖」；因爲「春」沒有「開合」之屬性，「花」沒有「冷暖」之屬性。所以，遣詞造句的正常法則就是：述說與被述說者雙方應作恰如其分的搭配。事物，就是被述說者；動詞、形容詞，就是述說者。我們這裡所說的「述說」，比文法中所說的「述詞」或「謂語」（predicate）更爲廣義。因爲「述詞」只用在句中，如「春暖」、「花開」都是句子，「春」、「花」各是主詞，「暖」、「開」就各是述詞；若換個樣子作「暖春」、「開花」——原來兩個句變成兩個詞，於是「暖」、「開」只是形容詞與動詞，不再是述詞。但在這裡，我們不受拘限，仍然可以說「暖」是用來述說「春」的，「開」是用來述說「花」的。

　　述說與被述說者雙方的正常搭配，是科學的語言；但文學的語言並不受此原則之限制。例如：

　　明月多情應笑我，笑我如今，孤負春心，獨自閒行獨自吟。（納蘭容若·采桑子）

文中被述說者是「明月」，述說者是「多情」、「笑」等。「多情」是形容詞，「笑」是動詞。平常這兩個詞都是用來述說「人」的狀態的。「明月」非人，沒有人的屬性；如今作者視之為人，以人的屬性述說之，乃非遣詞造句之常軌。現代修辭學者稱此為「轉化」。「轉化」者，轉換變化也——就是指這種變易常軌的修辭技巧。

　　「轉化」一名即前人所說的「比擬」。如果有人辯稱「比擬」不即是「轉化」；那麼「比擬」究竟是什麼，就不得其解了。事實上，一般修辭學專書，凡有「轉化」之格者，就沒有「比擬」之格，由此可見一斑。為什麼「比擬」要易名為「轉化」呢？那是因為「比擬」與「譬喻」兩辭格，在名稱、在實質上，都有親切的關係，不易區隔。「轉化」一名強調了「比擬」之特點，足以突顯它與「譬喻」之分野，所以為當代學者所接受、取用。

　　雖然大家知道「比擬」與「譬喻」兩辭格有區別，但錯判、誤認之事卻時有所見。「譬喻」之義是「比方說明」、是「舉例曉諭」。因此它所舉之例，與所喻之對象，當然有相似的關係。而「比擬」之形成，則是因兩事物間本有相似的關係，於是在作者直覺中混同為一，致使述說與被述說者雙方，發生交換搭配之現象。論寫作心理，「比擬」與「譬喻」當然是不同的；但因在取

材與表達的形態上，關係親密，所以常生誤判。以王之渙的詩為例：

> 羌笛何須怨楊柳，春風不度玉門關。（出塞）

上句，被述說者是「笛」，述說者是「怨」。「笛」是物之名號，「怨」是人之心態。以人說物，所以這是一個異常搭配，屬於「比擬」（轉化）之法。又如庾信的句子：

> 嗟怨之水，特結憤泉。（擬連珠）

文中被述說者有「水」、「泉」，其述說者是「怨」、「憤」。這種寫法與上例無異；但在陳望道《修辭學發凡》書中，上例屬於「比擬」格，下例卻屬於「譬喻」格。此是一謬。再舉一例：

> 外沽清正之名，暗結虎狼之勢。（石頭記・第二回）

下句，「虎狼之勢」是說「形勢之險如虎如狼」，所以這是一個「譬喻」之法。另如：

> 桃臉兒通紅，櫻唇兒青紫。（董西廂）

「桃臉」就是「臉頰似桃」，「櫻唇」就是「雙唇似櫻」。這種寫法也是「譬喻」之法；但在《修辭學發凡》書中，上例屬於「譬喻」格，下例卻屬於「比擬」格。此又一謬。由此可見「比擬」與「譬喻」兩辭格糾紛之一斑。

　　《修辭學發凡》在「比擬」格下所舉之例，十之八九實都是「譬喻」之法；真正屬於「比擬」之例者甚少。然而在我們的

語文活動之中，像這種述說與被述說者雙方作異常搭配的現象，實在不勝枚舉，陳氏不至於沒注意到。於是他書中就有了「移就」一格，用來介紹此種修辭法。試看他說的：

> 遇有甲乙兩個印象連在一起時，作者就把原屬甲印象的性狀形容詞移屬於乙印象的，名叫移就辭。

這番意思，下就是我們前面所說的「轉化」嗎？不過他強調「性狀形容詞」，而將動詞等排除在外，我們以為無此必要。因為形容詞可以述說事物的狀態（靜態），動詞也可以述說事物的狀態（動態）。差別不過是動、靜之分而已。

再看他所舉之例：

> 明日重尋石頭路，醉鞍誰與共聯翩。（陸游·過采石有感）

他自作註云：

> 醉的本是放翁，今屬於鞍。

「鞍」是物之名號，「醉」是人之狀態；以「醉」說「鞍」，非「比擬」（轉化）而何？「鞍」可以「醉」，猶「笛」可以「怨」、「水」可以「嗟」；為何一屬「移就」，一屬「比擬」，一屬「譬喻」，如此不同？後來修辭學專書多不再設「移就」一格，實因已有「轉化」格之故。成偉鈞等人編《修辭通鑑》，依然並立「比擬」與「移就」二格，延續《修辭學發凡》之舊制。不過他們並非全然沒有進步的，第一：他們介紹「比擬」時，已不再與「譬喻」糾纏不清；第二：他們知道「移就」與「比擬」是很親密的辭格，

所以在書中特別加以區隔。試看他們說的：

> 在內容上，比擬是把人當作物，或者把物當人，重在擬；
> 移就或者移人於物，或者移物於人，亦或移物於物，重
> 在移，是移而不擬，物仍然是物。如柳宗元〈哭連州凌
> 員外司馬〉詩：『凌人古受氏，吳世誇雄姿。寂寞富春水，
> 英氣方在斯。』寂寞，是人的情狀，這裡移來描寫富春
> 水，但富春水仍保有原來的屬性。在形式上，移就一般
> 以移用詞語作定語，構成對本體的限定關係。如『仇恨
> 的炮彈』、『憤怒的火焰』、『多情的葡萄』、『幸福水』、『傷
> 心路』等；而比擬多以表示動作的動詞作謂語，與擬體
> 構成主謂關係。

這段話雖極力區隔「移就」與「比擬」，說「移而不擬」；但畢竟
牽強。例如文中舉「寂寞富春水」、「傷心路」等為「移就」之例，
然而此與我們前文所舉「嗟怨之水」、「憤泉」等（為「比擬」之例
者）何異？最後他們結論說「比擬多以表示動作的動詞作謂語，
與擬體構成主謂關係。」意思之一是說：「比擬」用動詞，「移就」
用形容詞；之二是說：「比擬」必須在主謂關係下成立。易言之，
「比擬」只在敘事句中成立。我們在前文曾表示：謂語（述詞）
可以是動詞，也可以是形容詞；所以敘事句與表態句都可以造就
「比擬」（轉化）修辭。而且不論是句，或是詞，都無礙於「比擬」
（轉化）之表現。兩相比較，可知《修辭通鑑》將「比擬」之活
動範圍特加限制，以便「移就」有立足之空間。我們以為如此用
心是大可不必。即便如此區隔，該書在「比擬」格下所舉的例子，

也不能完全如他們之所界定。例如：

> 高粱好似一隊隊的『紅領巾』，悄悄地把周圍的道路觀察；
> 向日葵搖著頭微笑著，望不盡太陽起處的紅色天涯。
> 矮小而年高的垂柳，用蒼綠的葉子撫摸著快熟的莊稼；
> 密集的蘆葦，細心地護衛著腳下偷偷開放的野花。（郭小川·
> 團泊窪的秋天）

文後的【簡析】說：

> 詩人滿懷激情，以擬人的方式描繪了團泊窪色彩繽紛、
> 生機勃勃的動人秋景：高粱在『悄悄』『觀察』，向日葵
> 『微笑』著、『望』著，『年高』的垂柳『撫摸』著莊稼，
> 蘆葦『細心地護衛』著『偷偷開放的野花』。……

此間用來擬人的，不盡是謂語，也不盡是動詞；而有形容詞，也
有副詞。

所謂「比擬」，就是擬人為物，或擬物為人。在表現過程中，
動詞原不是唯一的活動單元。例如：

> 顛狂柳絮隨風舞，輕薄桃花逐水流。（杜甫·漫興）

上句將柳絮比擬為人：「顛狂」是形容詞，「隨風舞」是動詞；下
句將桃花比擬為人：「輕薄」是形容詞，「逐水流」是動詞。像這
樣一個例子，難道還得分別說：「顛狂」、「輕薄」是「移就」格，
「隨風舞」、「逐水流」才是「比擬」格？

「移就」之意就是「移轉他就」。而述說與被述說者雙方，

不正因為移轉搭配，才造就「比擬」修辭？所以說「移就」不外「比擬」。我們既已贊成改「比擬」之名為「轉化」，所以就說：「移就」不外「轉化」。

6. 指桑說槐──雙關與倒反

　　人生不如意，十常八九。所以在現實生活之中，怨懟、責備、嘲弄、譏諷之聲，總是不絕於耳。於是用來表現此等情緒之手法、方式，也就五花八門，無奇不有了。在修辭學裡，可以被用來表現嘲弄、譏諷之意義的辭格，就有不少。諸如譬喻、誇飾、仿擬、雙關、倒反等辭格，都具有此一功能。本文專就「雙關」與「倒反」兩辭格加以討論的緣故，是因為它們彼此之間的異同關係較為複雜，學生在做辭格區分時，常生困擾。今天撰成此一短論，希望對大家有所幫助。

　　首先我們轉錄陳望道《修辭學發凡》書中的兩個例子來看看。第一例：

　　　這里寶玉又說：「不必燙暖了，我只愛喝冷的。」薛姨媽
　　　道：「這可使不得，喫了冷酒，寫字手打顫兒。」寶釵笑
　　　道：「寶兄弟，虧你每日家雜學旁搜的，難道就不知道酒
　　　性最熱？要熱喫下去，發散的就快；要冷喫下去，便凝
　　　結在內──拿五臟去暖他，豈不受害？從此還不改了呢！
　　　快別喫那冷的了。」寶玉聽這話有理，便放下冷的，令
　　　人燙來方飲。黛玉磕著瓜子兒，只管抿著嘴兒笑。可巧
　　　黛玉的丫鬟雪雁走來，給黛玉送小手爐兒。黛玉因含笑
　　　問他說：「誰叫你送來的？難為他費心，哪里就冷死了

> 我？」雪雁道：「紫娟姐姐怕姑娘冷，叫我送來的。」黛
> 玉接了抱在懷中，笑道：「也虧你倒聽他的話！我平日和
> 你說的，全當耳旁風；怎麼他說了，你就依的比聖旨還
> 快呢！」（紅樓夢第八回）

例中，黛玉明裡責怪雪雁、紫娟，暗裡譏諷寶玉、寶釵。第二例：

> 莊宗好畋獵，獵於中牟，踐民田。中牟縣令當馬切諫，
> 爲民請。莊宗怒，叱縣令去，將殺之。伶人敬新磨知其
> 不可，乃率諸伶走追縣令，擒至馬前，責之曰：「汝爲縣
> 令，獨不知我天子好獵耶？奈何縱民稼穡以供稅賦？何
> 不飢汝縣民而空此地，以備吾天子之馳騁？汝罪當死！」
> （五代史伶官傳）

例中，伶人敬新磨表面責備縣令，實際則譏諷莊宗。

第一例出自該書〈雙關格〉，第二例出自〈倒反格〉。兩例相較，都具有譏諷的作用。而且在型態上都是『始於譏諷這個人，終於譏諷那個人』。既然兩例如此相類，爲何前後分屬不同的辭格呢？黃慶萱《修辭學》的見解是：「雙關重點在兩件事物的相似；倒反重點在兩件事物的相反。」

根據黃先生之意，我們回頭檢查上述兩例：在第一例中，雪雁之聽從紫娟，與寶玉之聽從寶釵，確是相似的兩件事。所以黛玉能在一次責怪之中，兼及雪雁與寶玉兩個人，因而成就一個雙關修辭的技巧。

在第二例中，中牟縣令的盡忠職守，與莊宗的畋獵無度，大約可以算是相反的兩件事。所以此例屬於倒反修辭的技巧。但

是有個問題產生了：兩件事因為相似，所以能夠『始於此而終於彼』；然而兩件事相反時，如何可能『始於此而終於彼』呢？讀者都瞭然於敬新磨的最終目標在莊宗，雖然起初他的對象是縣令；但讀者究竟是因何而能起於這一端，走到那一端的呢？單單一句「兩件事物的相反」，可能是不足以解答問題的。

我們姑且先看看另外一個例子：

> 秦始皇時，置酒而天雨，陛楯者皆沾寒。優旃見而哀之，謂之曰：「汝欲休乎？」陛楯者皆曰：「幸甚！」優旃曰：「我即呼汝，汝疾應曰諾！」居有頃，殿上上壽，呼萬歲。優旃臨檻，大呼曰：「陛楯郎！」郎曰：「諾！」優旃曰：「汝雖長，何益？幸雨立；我雖短也，幸休居！」於是始皇使陛楯者得半相代。（史記滑稽列傳）

這個故事與上面敬新磨的故事差不多──優旃表面譏諷了陛楯郎，而實際的目標在秦始皇──所以應該同屬於倒反修辭的例子。但在後面這個故事中，陛楯郎的不幸，與秦始皇的苛政，實在不能算是相反的兩件事。若就陛楯郎的遭遇而言，秦始皇的苛政實有以致之也。所以這兩件事之間，實際是存有一種因果的關係。由於這一層因果關係不難聯想，所以當我們讀到優旃譏諷陛楯郎時，即能迅速領會到優旃的真正用意與目標了。

我們再回頭讀一遍敬新磨的故事。大家都明白中牟縣令並沒有犯錯，但是挨罵的竟不是別人。此時如果沒有一些其他的線索，我們很可能認為，伶人只是為了討好皇帝而辱罵忠良吧！然而讀者終究瞭解，真正被譏諷的乃是莊宗本人。其原因就在於敬

新磨那一段荒謬的說辭。他說：

> 汝爲縣令，獨不知我天子好獵耶？奈何縱民稼穡以供稅
> 賦？何不飢汝縣民而空此地，以備吾天子之馳騁？汝罪
> 當死！

這是一段「因果關係」的陳述。但因內容過於荒謬，所以讀者便
得到了暗示、得到了線索，乃能確認故事中實際是使用了倒反的
修辭技巧。

敬新磨的故事比起優旃來，是曲折些；但雙方修辭技術的
關鍵，都在於兩件事情之間具有一種因果關係。作者就利用讀者
對此種關係的理解，實現了他的修辭藝術。

從以上的分析看來，「兩件事物的相反」似乎不是倒反修辭
的必要條件。既然如此，將此等修辭技術取名爲「倒反」，豈非
有名實不相符合之嫌了？其實也還不至於。理由說明如下：

首先應該澄清的是，我們在上文所論及的倒反修辭，實際
並不等於「倒反格」的全部。試看一個另類的例子：

> 日前掐死一個丫鬟，尚未結案，今日又殺了一個家人。
> 所有這些喜慶事情，全出在尊府。（三俠五義第三十七回）

這是一個簡易而典型的倒反。文中故意將凶殺案件說成喜慶事
情，藉以表現嘲弄譏諷的心態。這類例子，俯拾皆是；但與前述
「敬新磨」、「優旃」之類的例子，並不盡同。比較起來，若只將
一件事倒過來說，以表現譏諷之意者，其文章結構當然簡單。至
如「敬新磨」、「優旃」的例子，其譏諷藝術是表現在兩件事情之

間的，其文章結構必然複雜。由此，倒反修辭便可分成兩個領域：簡單的那一個，是爲狹義的倒反；複雜的這一個，是爲廣義的倒反。本論文所及的，乃是廣義的部分。

「倒反」的原始名義是「反其事而說」的；引申擴充之後，「反其對象而說」的，也納了進來。「敬新磨」與「優旃」的倒反藝術，其實不是「反其事而說」的，而是「反其對象而說」的——本欲譏諷莊宗，卻來責備縣令；本欲譏諷秦始皇，卻來嘲弄陛楯郎。以如此廣義的角度看去，「倒反」之名稱便沒有名實不相符合之嫌了。拙著《表達的藝術》一書，論及「倒反」一格時，除了有「簡易倒反」一目之外，更有「轉移倒反」一目。其所謂「轉移」，就是指上述這種「對象的轉移」——也就是廣義的倒反。其所謂「簡易倒反」者，大致就是指狹義的倒反了。

本文開篇比較「雙關」與「倒反」兩辭格時，曾說到它們都具有『嘲弄譏諷』的功能，而且採行『始於此而終於彼』的修辭途徑。例如黛玉，始於「責怪雪雁」而終於「譏諷寶玉」；敬新磨，始於「責備縣令」而終於「譏諷莊宗」。這是兩辭格的共同點。若進一步揣摩，我們將發現，同樣的途徑底下，實際存有異樣的結果。拿「黛玉」的例子說，她責怪雪雁與譏諷寶玉，兩件事情是可以兼顧並立的——這就是雙關格。若拿「敬新磨」的例子說，他責備縣令與譏諷莊宗，兩件事情就不是可以同時成立的。簡言之，他的唯一對象只在莊宗而已——這就是倒反格。

倒反格有「狹義的」與「廣義的」兩個領域。雙關格，一般而言，也可以分「文字的」與「語義的」兩個領域。本文所陳示的種種異同關係，都發生在雙方的後一個領域，而不及前一個

領域。

話說至此，本篇題目「指桑說槐」一語，究竟與雙關格、倒反格，有甚麼關係？「指桑說槐」一語多次見於《紅樓夢》書中，亦作「指桑罵槐」。與它相類的成語有「指豬罵狗」，見於《金瓶梅》書中。我們且求證一下，此等言語的原始用意是甚麼？《紅樓夢》第十六回這樣寫的：

> 你是知道的，咱們家所有的這些管家奶奶們，那一位是好纏的？錯一點兒他們就笑話打趣，偏一點兒他們就指桑說槐的抱怨。

第六十九回這樣寫的：

> 說了兩遍，自己又氣病了，茶飯也不喫。除了平兒，眾丫頭媳婦無不言三語四，指桑說槐，暗相譏刺。

歸納上述用法，可得出兩個共同點。其一是：這成語總是用來嘲諷人的。其二是：其嘲諷的型態總是『始於此而終於彼』的。而這兩個共同點，也正好是「雙關」與「倒反」兩辭格所能具備的共同點。黛玉從「責怪雪雁」到「譏諷寶玉」，我們可以稱她是「指桑說槐」；敬新磨從「責備縣令」到「譏諷莊宗」，我們也可以稱他是「指桑說槐」。所以傳統學者所謂的「指桑說槐」，在今天看來，不外是指「雙關」或「倒反」的修辭技巧。

本篇論文旨趣有二：其一是對「雙關」與「倒反」兩辭格的區分，做了一次探討；其二是用現代修辭學的觀點，為傳統修辭術語「指桑說槐」做了一次詮釋與定位。

7. 間接修辭──借代、借喻與雙關

　　一個意念不直接表出，藉著與它有某種關係的客體，代為表出，就是間接修辭法。在修辭學上，這是極常見的技巧，本題所論及的借代、借喻與雙關，並非僅有的三個；只因三者有微妙的異同關係，界限不易掌握，所以本文將之合攏來相提並論。下文即分作兩子題，進行研析：

壹、借代與借喻

　　借代之使用，類似文法中代名詞之使用；借喻則是譬喻法的一種。譬喻是以此喻彼，借代是以此代彼。因為都是藉客體來表出主體，所以屬間接修辭之法。本來譬喻格有它自己的形式，足以與借代格相區別，像喻體、喻詞、喻依等的陳示，就不是借代格之所有。但因「借喻法」正好是譬喻格中一種特殊的款式，它將譬喻格之一般形式加以省略，以致在外觀上與「借代法」相彷彿。下面試看一個文例：

繰成白雪桑重綠，割盡黃雲稻正青（王安石·木末詩）

陳望道在《修辭學發凡》中稱此例是「白雪喻絲，黃雲喻麥」。
也就是說這是個借喻法──省略了喻體與喻詞。假使有人認為這
是一個借代，說「白雪代絲，黃雲代麥」，是否也能成立呢？反
正在文中，白雪與黃雲二名終究是指絲與麥二物而已，所以你說
它們是喻、是代，都像不錯。但如果我們從使用者之心態上說，
喻與代原是有別的。譬喻的原始意義就是「舉例說明」──為表
出一個主體意思而藉意思相似的一個客體做媒介。所以喻與被喻
之間的基礎在「相似」。至於代與被代之間的關係，儘管種類繁
多，但其基礎乃在「相異」。試想：若非相異，何言相代？既曰
相代，不即表示「原本非一」乎？所以借代之於借喻，其原始精
神是有分別的。一堆蠶絲，如同一地白雪；一地麥子，如同一堆
黃雲。兩兩相似，所以說上面的例子應屬兩個借喻之法，不屬借
代之法。《辭海》「借代」條下就說：「兩不相類似之事物，但有
不可分之關係，而以一事物之名稱替代另一事物，謂之借代。」
如果我們同時檢視《修辭學發凡》中〈借代〉一篇，將發現，借
代關係之類型雖多，但就是沒有一個類型顯示：代與被代之間是
屬於「相似」的關係。由此亦可證明我們上述的見解。

貳、借喻與雙關

　　所謂一語雙關，是指文字除了表面的一層意思之外，背後
另有一層意思──作者的主要意思當然是背後的這一層。而所謂

譬喻，是說「言在此而意在彼」。就此而言，雙關與譬喻的功能是差不多的。不過在文字形式上，雙關格只陳示其表面一層意思，而譬喻格則可將其喻與被喻雙方同時陳示。這自然就成為區分雙方的依據。但如同上文已提及的，譬喻格中的借喻法，乃是脫略一般形式的譬喻法。它將喻體與喻詞一併省略，只陳示喻依。形式特徵既失，便常與某些辭格混淆界線——上文已說的借代格是一個，這裡要說的雙關格也是一個。

代與被代的關係以「相異」為基礎，喻與被喻的關係以「相似」為基礎，因此借代與借喻可以區分。那麼雙關格二義間的關係又以何為基礎呢？試想：一句話能同時成立兩個意思時，這兩個意思之間能避免相似性嗎？就此而言，雙關與借喻的界限仍難掌握。

我們再從辭格使用的心態上做一考察。誠如上文所言，譬喻格之使用，原就是「舉例說明」的意義——當意念不易明白表出時，作者取譬相喻、以暢其旨。儘管譬喻格中諸法之間仍有不同的講究，但其「曉暢旨意」之基本精神應是一致的。然而雙關格呢？所謂「言之無罪，聞之足戒」者，正是雙關修辭之最佳寫照。既要言之無罪，乃須多所遮掩與保留。此一基本心態即與譬喻格大相逕庭。所以我們認為這兩辭格的根本分別，在乎表意態度之明暗不同。

明暗之判斷不能訴諸主觀之感覺；否則，作者有作者的感覺，讀者之間也有個別的感覺，那就不是修辭學所能處理的課題了。下面試比較兩個詩例：

自是尋春去較遲，不須惆悵怨芳時；狂風落盡深紅色，
綠葉成蔭子滿枝。(杜牧·歎花)

浩蕩離愁白日斜，吟鞭東指即天涯；落紅不是無情物，
化作春泥更護花。(龔自珍·己亥雜詩)

前面一首，全文只寫「歎花」一個意思；不熟悉作者背景的人，
讀不出其背後另有含意。因爲事關男女，不便明說，所以作者探
雙關之法，間接表達。但因字裡行間無明確跡象可尋，所以其表
意態度是晦暗的。後面一首，頭兩句寫「人事」，末兩句寫「花
事」。一般原則，一個作品之上下文應是連貫成意的。這一首詩，
半寫人事，半寫花事，顯然突兀。然正因突兀，讀者乃能覺察到
「花事」正是「人事」的借喻；於是全篇文意就連貫成一了。因
爲字裡行間有此顯然的跡象可尋，所以其表意態度是明朗的。

　　這兩首詩，一般人都知道前一首是雙關法，而不太能確定
後一首是雙關法？還是借喻法？根據上述的論析，我們尋其表意
跡象，可以確認後一首是屬於借喻法。

8.「旁借」與「對代」—— 評陳望道「借代」

陳望道《修辭學發凡》(下文簡稱《發凡》)有「借代」一格，將「借代」分做「旁借」與「對代」兩個領域。這兩個領域的意義，用邏輯術語說，前者屬於「內包概念」，後者屬於「外延概念」。下文即以此二概念爲主軸，分析陳氏的見解，並加評論。

柴、米、油、鹽……等物，我們合而稱爲「日用品」。前者是個體之名，後者是團體之名。每一個體都是團體的外延分子。帆、檣、槳、楫……等物，組而成爲「船」。前者是組件之名，後者是成品之名。每一組件都是成品的內包分子。若問「何謂日用品？」我們可舉柴、米、油、鹽……任一物爲例作答；若問「何謂船？」就不能舉帆、檣、槳、楫……任一物爲例作答。這就是「外延」與「內包」兩概念不同之處。試看《發凡》的舉例與說明：

〔三十〕你歷年賣詩賣畫，我也積聚下三五十兩銀子，
　　　　柴米不愁沒有。(儒林外史第一回。柴米代日用的全
　　　　體。)

〔三十三〕過盡千帆皆不是，斜暉脈脈水悠悠。（溫庭筠望
　　　　　江南詞。帆代船的全體。）

以上兩例，陳氏認爲都是「部分和全體相代」，同屬於借代格的
「對代」之法。依我們上文的分析，〔三十〕屬於「外延概念」，
〔三十三〕屬於「內包概念」，兩例應分屬「對代」與「旁借」
兩個不同的領域。所謂「對代」，就是以事物的外延分子代稱事
物自身，如以柴、米代稱日用品。所謂「旁借」，就是以事物的
內包分子代稱事物自身，如以帆代稱船。《發凡》說：

　　　一切的借代辭，得隨所借事物和所說事物的關係，大別
　　　爲兩類。

陳氏雖沒有說「旁借」與「對代」兩類即屬本文所說的「內包」
與「外延」兩概念；但大體看來，他是不外乎此一意向的。不過
文中尚存不少糾葛，有待釐清罷了。

　　就柴、米……等個別名稱而言，「日用品」是它們的總名稱，
雙方屬於外延的關係；但就「船」而言，帆……等並不是它的個
別名稱，而是它的成分，雙方屬於內包的關係。比較起來，內包
之意義要比外延之意義繁瑣，舉凡事物的成分、成因、性能、表
徵、狀況等一切直接、間接的條件，都屬於內包概念之範圍。所
以在借代格的兩大領域裡，「旁借」的關係就比「對代」的關係
複雜。但有一共同點，就是不論內包關係或外延關係，它們都是
以「分子」替代「分子所屬之事物」。換言之，就是以偏代全。「以
偏代全」是借代格的常軌。《發凡》論借代，除有「以偏代全」

之方式，還有「以全代偏」之方式。我們以為逆向的借代方式是不能成立的。試以「母子的關係」為比來說：因為母一、子多；所以當我們說到「以子代母」時，所代之目標可以確定；但說到「以母代子」時，所代之目標就不確定是哪一個了。所以「借代」之法，應該只有一種方向，就是「以分子代分母」；反過來借代的方式是不能成立的。

關於「旁借」的關係，《發凡》說：

> 是隨伴事物和主幹事物的關係。

在此，「主幹事物」就是事物自身，「隨伴事物」就是事物之內包分子。所以「旁借」就是以「內包分子」替代「事物自身」的方法。依理，所有的內包分子都有替代其事物自身的機會。因此「旁借」之法就可細分為多種形式。《發凡》將之分為四種：(1)事物和事物的特徵或標記相代；(2)事物和事物的所在或所屬相代；(3)事物和事物的作家或產地相代；(4)事物和事物的資料或工具相代。這四種形式中所說的特徵、標記、所在、所屬、作家、產地、資料、工具等等，就是一般事物所可能具有的內包分子。從某一角度看，我們可以說：所謂事物，不過就是其所具之內包分子之全體而已，別無其他。因此說，以任一分子替代事物自身，就是以偏代全——「以偏代全」是借代格之通則，依理不能逆向施行。《發凡》說：

> 在原則上是，用隨伴事物代替主幹事物、用主幹事物代替隨伴事物，都沒有什麼不可以。不過事實上是多用隨

伴事物代替主幹事物；用主幹事物代替隨伴事物的，雖
不是完全沒有，卻是不大有的。

意思是說，逆向借代（以全代偏），雖有，不多。我們以爲即使有，
也是不合常軌的。正規的借代應是以「隨伴事物」替代「主幹事
物」的。不過，「主幹事物」與「隨伴事物」兩概念是有其相對
性的：對某一「隨伴事物」而言，甲是其主幹事物；但對別一「主
幹事物」而言，甲又成其隨伴事物。所以某一名稱是主幹事物，
或是隨伴事物？當視其所在之語言環境而定。試看一例：

> 公閱畢，即解貂覆生，爲掩戶；叩之寺僧，則史公可法
> 也。（方苞·左忠毅公軼事）

文中以「貂」代「衣物」。「貂」是衣物的材料，所以是隨伴事物；
「衣物」才是主幹事物。另看一例：

> 紈褲不餓死，儒冠多誤身。（杜甫·贈韋左丞詩）

《發凡》說「紈褲是富貴子弟的標記」。以「紈褲」代「富貴子
弟」，「紈褲」是衣物，是身分之標記，所以是隨伴事物；「富貴
子弟」才是主幹事物。同是「衣物」，對「貂」而言是主幹事物，
對「富貴子弟」而言則屬隨伴事物。這就是「主幹事物」與「隨
伴事物」兩概念之相對意義。

「借代」之另一領域，名爲「對代」。《發凡》說：

> 這類借來代替本名的，盡是跟文中所說事物相對待的事
> 物的名稱。

這個定義不算明白，所云「相對待的事物」，意思含混。陳氏在「旁借」的定義中所言及的「隨伴事物」與「主幹事物」，不也是兩個相對待的事物？那麼「對代」與「旁借」的區別何在？我們的看法已見於上文：所謂「對代」，即「以事物的外延分子代稱事物自身」──不同於「旁借」（是「以事物的內包分子代稱事物自身」）；但是兩者同屬「以分子代分母」之理。《發凡》在「對代」之下，也細分有四種形式：(1)部分和全體相代；(2)特定和普通相代；(3)具體和抽象相代；(4)原因和結果相代。他這四種形式，除有「正向借代」，還有「逆向借代」。我們仍然以為「逆向借代」是不能成立的（下文另有說明）。至於這四種形式，恐怕也只有(1) (2)兩種可以成立。茲先檢討其第(3)種，任舉兩個書中所舉之例來說明：

〔四十九〕飲食男女，人之大欲存焉；死亡貧苦，人之大惡存焉。（禮記禮運篇。男女代男女的關係。）

《發凡》之意：「男女」是具體之名，「男女的關係」是抽象之名；以「男女」代「男女的關係」，就是「對代」之法。我們認為：此例的主幹事物是「男女的關係」，而「男女」乃是該關係之造作者，因此屬於內包分子。以「內包分子」代「主幹事物」，當是「旁借」，不是「對代」。

〔五十二〕平生最喜聽長笛，裂石穿雲何處吹。（陸游黃鶴樓詩。笛代笛聲。）

《發凡》之意：「笛」是具體之名，「笛聲」是抽象之名；以「笛」

代「笛聲」，就是「對代」之法。我們認為：此例的主幹事物是
「笛聲」，而「笛」乃是該聲音之造作者，因此屬於內包分子。
以「內包分子」代「主幹事物」，當是「旁借」，不是「對代」。
巧的是書中「旁借」類下有個例子，正與此例相仿：

> 〔二十四〕說來說去，說的老太轉了口，許給他二十兩
> 銀子，自己去住。（儒林外史第二十七回。口代說
> 話。）

《發凡》說這是「事物和事物的工具相代」，因此屬於「旁借」
之類。試問：「口代說話」是「旁借」；何以「笛代笛聲」就不是
「旁借」呢？所以我們以為第(3)種形式是不能成立的。

其次檢討第(4)種形式，仍舉書中一二成例來說明：

> 〔六十一〕故鄉吳江多好山，筍輿篾舫相窮年。（范成大題
> 金牛洞詩。筍輿就是竹輿。）

《發凡》之意：「筍」是原因，「竹」是結果；以「筍」代「竹」，
就是「對代」之法。我們認為：此例的主幹事物是「竹」，而「筍」
乃「竹」之前身、成因，所以「筍」是「竹」的內包分子。以「內
包分子」代「主幹事物」，當是「旁借」，不是「對代」。

> 〔六十三〕文公曰：「……矢石之難，汗馬之勞，此復受
> 次賞。」（史記晉世家。汗馬代力戰。）

《發凡》之意：「力戰」是原因，「汗馬」是結果；以「汗馬」代
「力戰」，就是「對代」之法。我們認為：此例的主幹事物是「力

戰」，而「汗馬」乃「力戰」之表徵，所以「汗馬」是「力戰」的內包分子。以「內包分子」代「主幹事物」，當是「旁借」，不是「對代」。

　　以上兩例都是「旁借」而非「對代」，所以我們以為第(4)種形式也不得成立。因此「對代」一類之下就只剩兩種形式：(1)部分和全體相代；(2)特定和普通相代。這兩種形式雖可以分別成立，但都不外乎「以事物的外延分子代稱事物自身」。茲各舉一成例以證：

　　〔三十〕你歷年賣詩賣畫，我也積聚下三五十兩銀子，
　　　　　　柴米不愁沒有。（儒林外史第一回。柴米代日用的全
　　　　　　體。）

這就是說，在主幹事物「日用品」一概念之下，柴、米……不是它的內包分子，而是它的外延分子；以「外延分子」代稱「事物自身」，所以是「對代」之法。

　　〔三十七〕三人請問房錢，僧官說：「這個何必計較。三
　　　　　　　位老爺來住，請也請不到。隨便見惠些須香
　　　　　　　資，僧人哪裡好爭論？」（儒林外史・第二十八
　　　　　　　回。不說銀錢而說香資，是以特定代普通。）

「香資」是香火錢；香火錢是寺中諸開銷之一，猶如柴、米都是「日用品」之一。所以都是「以事物的外延分子代稱事物自身」的例子。

　　以外延分子替代主幹事物，仍屬「以偏代全」的正向借代。

《發凡》的「對代」類下也有「逆向借代」之法，茲就其所舉例，略作評析：

〔三十六〕子無謂秦無人，吾謀適不用也。（左傳文公十三年，繞朝語。這「人」專指人中一部分的識者。）

《發凡》之意：「識者」是「人」的外延分子；以「人」代「識者」，就是「對代」法中的「以全代偏」之方式。我們認爲：此例的主幹事物是「識者」。「識者」是人，有人之性，所以「人」是「識者」的內包分子。以「內包分子」代「主幹事物」，當是「旁借」法中的「以偏代全」之方式。

〔四十七〕到了除夕，嚴監生拜過了天地祖宗，收拾一席家宴，同趙氏對坐。喫了幾杯酒，嚴監生吊下淚來，指著一張櫥裏，向趙氏説到：「昨日典鋪內送來三百兩利銀，是你王家姐姐的私房。每年臘月二十七八日送來，我就交與他，我也不管他在哪里用。今年又送銀子來，可憐就沒人接了。」（儒林外史·第五回。這「人」專指王氏。）

《發凡》之意：「王氏」是「人」的外延分子；以「人」代「王氏」，就是「對代」法中的「以全代偏」之方式。我們認爲：此例的主幹事物是「王氏」。「王氏」是人，有人之性，所以「人」是「王氏」的內包分子。以「內包分子」代「主幹事物」，當是「旁借」法中的「以偏代全」之方式。杜牧〈阿房宮賦〉裡有一

段文字：

> 獨夫之心，日益驕固。戍卒叫，函谷舉；楚人一炬，可
> 憐焦土。

文中以「獨夫」代秦王，因為秦王有「獨夫」的品性；以「戍卒」
代陳涉、吳廣，因為陳、吳有「戍卒」的身分；以「楚人」代項
羽，也因為項羽有「楚人」的國籍。這些也都是以「內包分子」
替代「主幹事物」之例，因此同屬「旁借」法中的「以偏代全」
之方式。「借代」沒有「以全代偏」之理，已詳於上文；常人日
用而不自知，修辭學者理應明察，不作粗略的認定。

> 〔五十三〕 凶年饑歲，子之民，老羸轉於溝壑，壯者散
> 而之四方者，幾千人矣。（孟子公孫丑上。老羸
> 代老年人、弱人，壯者代壯年有力之人。）

《發凡》之意：「老年人、弱人」是「老羸」的外延分子；以「老
羸」代「老年人、弱人」，就是「對代」法中的「以全代偏」之
方式。我們認為：此例的主幹事物是「老年人、弱人」。「老羸」
是其表徵，所以是內包分子。以「內包分子」代「主幹事物」，
當是「旁借」法中的「以偏代全」之方式。

> 〔五十五〕 被堅執銳，義不如公。（史記項羽紀，宋義語。堅
> 說鎧甲，銳說兵器。）

《發凡》之意：「甲、兵」是「堅、銳」的外延分子；以「堅、
銳」代「甲、兵」，就是「對代」法中的「以全代偏」之方式。

我們認為：此例的主幹事物是「甲、兵」。「堅、銳」是其性能，所以是內包分子。以「內包分子」代「主幹事物」，當是「旁借」法中的「以偏代全」之方式。

以上各例在《發凡》書中都屬「對代」之類的「逆向借代」之法。本文重加解析，都判為「旁借」之法，且歸在「正向借代」之列。總結上論，借代格只有正向之法，沒有逆向之法。「正向借代」下分兩大領域，一曰「旁借」，二曰「對代」。「旁借」之下可依《發凡》細分四種形式；「對代」之下則僅有兩種形式可以成立。

此外，在一般語言表達之中，由於縮減表達過程，而成為新的語型，以代表其原始語型者，貌似借代，實際不是。例如《漢書·蕭望之傳》：

> 至乎耳順之年，履折衝之位。

文中「耳順」二字是由「六十而耳順」（論語·為政）一語縮減而成。再如丘遲〈與陳伯之書〉：

> 朱鮪涉血於友于，張繡剚刃於愛子。

文中「友于」二字是由「友于兄弟」（尚書·君陳）一語縮減而成。

以上二例，在《發凡》中，屬於「藏詞格」。再如班固〈西都賦〉：

> 節慕原嘗，名亞春陵。

文中「原嘗」、「春陵」二名乃是「平原」、「孟嘗」、「春申」、「信

陵」四名的縮減。再如曾國藩〈湖南文徵序〉：

> 稽說文以究達詁，箋禹貢以晰地志。

文中「說文」一名乃是「說文解字」一名的縮減。

以上二例，在《發凡》中，屬於「節縮格」。

另外，在譬喻格中的「借喻」之法，也有類似「借代」之處。例如：

> 以萬乘之國，伐萬乘之國，簞食壺漿以迎王師，豈有他哉？避水火也。（孟子・梁惠王上）

文中「水火」指「生活艱難」。是「借喻」，不是「借代」。再如：

> 暮雪收盡溢清寒，銀漢無聲轉玉盤。（蘇軾・陽關曲）

文中「玉盤」指「月亮」。也是「借喻」，不是「借代」。

以上各例都與「借代」之法相似，但畢竟與本篇所論不合。「借代」之用途廣泛，「借代」之關係繁多，而作者之修辭活動又難以規範。一個例子是否屬於「借代格」，乃必須審慎解析，才能下斷。

9. 敘事觀點的跳換——示現 與呼告

「觀點」一詞，有時被泛用作「觀念」的同意詞。我認為它應該是比較接近「立場」或「角度」的意思。打個比方，說畫畫吧：講台上擺個盆景，講台下豎個畫架——寫生。一旦開始作畫，盆景與畫架之間的關係位置便告確定。儘管畫者可以歇息、走動，但上述的關係位置是不可以改變的。假設那盆景不慎被挪動了，嚴格說來，畫者可能被迫另取畫紙，重新畫過。這個道理不難想見：因為從不同的角度看一個對象，必得不同的印象；那麼一幅畫，一個盆景，如何能畫出兩種不同的印象？這裡所說的「角度」，就是本文中「觀點」一詞的含意。

不過，「觀點」一名，用途可以更廣些。即以上述的比方為例：盆景的挪移，可以是左右的，也可以是前後的。前者造成「角度」的改變，後者造成「距離」的改變。這兩種方式的移動，都將改變畫者的原始印象。相對於這些印象的改變，我們可以統稱為「觀點的改變」。因此，「觀點的改變」一義，就包含了「角度的改變」及「距離的改變」。

從「距離」上說，空間的距離是一種距離，時間的距離也

是一種距離。其共同處是：遠距離觀事所得的印象，抽象而恍惚；近距離觀事所得的印象，具體而清晰。相對於這兩種不同的觀事印象，我們稱前者為「概括的觀點」，後者為「特定的觀點」。「概括」的意思是「普遍而相似」，「特定」的意思是「個別而相異」。

時間、空間的遠近，屬於客觀的距離；另有一種主觀的遠近，是為「心理的距離」：凡屬實際經歷的事，印象具體而清晰；凡屬憑空揣想的事，印象抽象而恍惚。相對於這兩種不同的印象，我們也分別稱為「特定的觀點」與「概括的觀點」。在寫作技巧上，關於「敘事」的觀點問題，主要就在這種主觀性的心理距離之遠近：凡是敘述實際所經歷的事，因為印象具體而清晰，自然形成「特定的敘事觀點」；凡是敘述憑空所揣想的事，因為印象抽象而恍惚，自然形成「概括的敘事觀點」。

甲問：「今早你吃了什麼？」乙答：「燒餅。——又冷又硬，難吃！」乙所敘述的是一件實際經歷的事，那具體而清晰的印象，自然形成了他「特定的敘事觀點」。甲再問：「明早你吃什麼？」乙答：「燒餅吧！」「冷不冷？硬不硬？」「……」當然沒有答案——而且根本是沒有想到的問題。因為乙所面對的不是一件實際經歷的事，那憑空揣想的印象，就形成他「概括的敘事觀點」，說出來的話自然是抽象而恍惚了。

人一開口說話，自然就設定了一種敘事觀點。猶如開門上路之人，自然就有了一個方向在心中。沒有方向，到不了目的地；沒有觀點，也必辭不達意。作者的敘事觀點，是讀者解讀作品的要件。敘事觀點不統一，解讀就可能中斷。但是話說回來，藝術原無絕對不可以的原則。試看徐志摩的一段文字：

康橋的靈性全在一條河上……有一個老村子，叫格蘭騫
斯德，有一個果子園，你可以躺在纍纍的桃李樹蔭下吃
茶，花果會掉入你的茶杯，小雀子會到你桌上來啄食，
那真是別有一番天地。(我所知道的康橋)

這段文字，基本上不是在回憶，而是在揣想、在敘述未來的事。
所以他的敘事觀點是屬於概括性的。但是文中「花果會掉入你的
茶杯」、「小雀子會到你桌上來啄食」等語，實屬「特定觀點」之
下的敘事，所以具體而清晰。如此一段文字，前後包含「概括」
與「特定」兩種敘事觀點，就常理言，是謬誤的。不知一般讀者
對此作品的觀感如何！

　　陳望道《修辭學發凡》介紹「示現」辭格，其定義是這樣
的：

示現是把實際上不見不聞的事物，說得如見如聞的辭格。
所謂不見不聞，或者原本早已過去，或者還在未來，或
者不過是說者想像裡的景象，而說者因為當時的意象極
強，並不計較這等實際間隔；也許雖然計及，仍然不願
受它拘束，於是實際上並非身經親歷的，也就說得好像
身經親歷的一般，而說話裡，便有我們稱為示現這一種
超絕時地、超絕實在的非常辭格。

陳氏的定義相當明白。若用本文的術語來說，那麼「示現」就是
指一種「跳換觀點」的敘事技巧。誠如上文所言，一個敘事，一
種觀點，才是正常寫法；而一個敘事，兩種觀點，就是陳氏所謂

「超絕實在」的非常寫法了。一位敘事者之所以會出此非常寫法，就是因為「當時的意象極強，並不計較這等實際間隔……」所以便跳脫原來的觀點，換了另一觀點。

陳氏所言「把實際上不見不聞的事物，說得如見如聞」，這話是指「示現」的修辭效果。而此一效果則是因敘事觀點由「概括的」跳換成「特定的」而獲致的。坊間修辭專書有時未盡把握此旨，乃以為凡用「特定觀點」敘事——將事物說得具體清晰者，即為「示現」之法。例如黃慶萱先生《修辭學》說：

> 語文中利用人類的想像力，把實際上不聞不見的事物，說得如見如聞的修辭方法，就叫作示現。

董季棠先生《修辭析論》也說：

> 把過去的情景，拉回現在來寫的，叫做追述的示現。例如：風動荷花水殿香，姑蘇臺上見吳王；西施醉舞嬌無力，笑倚東窗白玉床。（李　白：口號吳王美人半醉）這首詩全是追述的示現。

蓋凡用「特定觀點」敘事者，必可得具體清晰的印象——所謂「如見如聞」是也。但假設全文只用一種敘事觀點，而不經任何跳換的話，那就只是一種常態的敘事方法，豈可稱為「超絕實在的非常辭格」？董氏說李白這首詩「全是追述的」，易言之，就是全首只用一種敘事觀點寫成。似此作品，只能說是有「如見如聞」的效果，卻不能算是「示現」辭格的範例。

為進一步闡明本文之見解，下面特就陳望道書中所舉之例，

分析一二，以見一斑：

〔例一〕六王畢，四海一，蜀山兀，阿房出。……長橋臥波，未
　　　　雲何龍？複道行空，不霽何虹？高低冥迷，不知西東。
　　　　歌臺暖響，春光融融。……明星熒熒，開粧鏡也。綠
　　　　雲擾擾，梳曉鬟也。渭流漲膩，棄脂水也。煙斜霧橫，
　　　　焚椒蘭也。……楚人一炬，可憐焦土。（杜牧・阿房宮賦）

杜牧寫阿房，基本上是「概括的敘事觀點」。但是首段之中如「長
橋臥波，未雲何龍？複道行空，不霽何虹？」……諸語，次段之
中如「明星熒熒，開粧鏡也。綠雲擾擾，梳曉鬟也。」……諸語，
則都屬於「特定觀點」底下的敘述，因而具體清晰、如見如聞。
〈阿房宮賦〉的敘事並非全篇採用「特定的觀點」；乃只是當其
意象極強、情不自已之際，始由「概括的敘事觀點」跳換成「特
定的敘事觀點」。於是「實際上並非身經親歷的，也就說得好像
身經親歷的一般，而說話裡，便有我們稱爲示現這一種超絕時地、
超絕實在的非常辭格。」

〔例二〕他敢不放我過去，你寬心！遠的破開步將鐵棒颩，近的
　　　　順著手把戒刀釤。有小的，提起來將腳步撞；有大的，
　　　　扳下來把髑髏砍。瞅一瞅，骨都都翻了海波；混一混，
　　　　廝琅琅振動山崖。腳踏得赤力力地軸搖，手攀得忽剌
　　　　剌天關撼。（西廂記・寺警）

這段文字敘述的是劇中人的預見，所以其基礎觀點當然是概括性
的。但是文中寫到「遠的破開步將鐵棒颩，近的順著手把戒刀

鈙。……」實已由「概括的敘事觀點」跳換成「特定的敘事觀點」
——如描述身經親歷的事跡一般，具體清晰、如見如聞。這種異
常的寫法，也是因爲當時人物的意象極強、情不能自已而發展出
來的。

　　陳書將「示現格」大別爲追述的、預言的、懸想的三類。
其定義分別爲：

> 追述的示現是把過去的事跡說得彷彿還在眼前一樣。
>
> 預言的示現同追述的示現相反，是把未來的事情說得好
> 像已經擺在眼前一樣。
>
> 至於懸想的示現，則是把想像的事情說得眞在眼前一般，
> 同時間的過去未來全然沒有關係。

如此分法，實際只是作品題材的分類，不是『示現技巧』的分類，
所以意義不大。示現修辭的要義在於：敘事觀點由「概括的」跳
換爲「特定的」。至於事件的時間是過去的，或未來的，並無重
要關係。上面分析的兩個事例，就分別屬於過去的與未來的。

　　本文開頭說到：「觀點跳換」一概念實含「距離遠近的跳換」
與「角度方向的跳換」兩種方式。從文學的敘事技巧上來說，前
者就是「示現格」，後者就是「呼告格」。《修辭學發凡》一書將
「示現」與「呼告」分作兩格介紹，而又將它們比鄰而居，則其
間關係可見一斑。

　　一封信、一篇講稿，都有特定的對象。這對象在文中即是
第二人稱。對象以外的人，就屬第三人。所謂「呼告」，就是說，
原屬第三人的身份，突然受到敘事者的呼喚，而跳換成第二人的

身份。就敘事觀點而論：對第三人敘事，是概括性觀點；對第二人敘事，是特定性觀點。相對於這種對象身份的跳換，當然就是敘事觀點的跳換了。試看陳書所舉之一例：

> 知客引了智深，直到方丈，解開包裹，取出書來，拿在手裡。……清長老讀罷來書……喚集兩班許多職事僧人，盡到方丈，乃云：『汝等眾僧在此，你看我師兄智真禪師好沒分曉！這個來的僧人，原來是經略府軍官。原為打死了人，落髮為僧。二次在彼鬧了僧堂，因此難安他。你那裡安他不得，卻來推與我！待要不收留他，師兄如此千萬囑咐，不可推故；待要著他在這裡，倘或亂了清規，如何使得？』（水滸第五回）

文中敘事者是「清長老」，「兩班職事僧人」是第二人，而不在眼前的「智真」當然屬於第三人。但是文中「你那裡安他不得」一句中的「你」，實是指稱「智真」的代名詞。原本的「他」，經呼喚而變成「你」──敘事的角度由第三人跳換成第二人。其原因，「和示現一樣發生在情感急劇處」（陳氏語）。這就是呼告修辭。

　　陳書「呼告格」分有「比擬呼告」、「示現呼告」兩類。「比擬呼告」實際也可以視為「比擬」修辭之一法而併入「比擬格」。「示現呼告」實際也可以視為「示現」修辭之一法而併入「示現格」。總而言之，諸法之間，同中有異，異中有同；所以合之固有理，分之也可以。

10.「摹狀」新議

「摹狀」不同於「陳述」。寫「鳶飛」、寫「魚躍」，固是「陳述」；寫「海闊」、寫「天空」，也是「陳述」。雖然「飛」、「躍」是兩個動詞，不同於「闊」、「空」兩個是形容詞；但都只是陳述事物而已。「摹狀」云者，應是對事物的狀態加以描繪之意。當我們寫到鳶如何飛、魚如何躍、海如何闊、天如何空之際，才算進入了「摹狀」的領域。

事物的狀態，一般可作兩種呈現：一種是靜態的，一種是動態的。靜態的是指事物的種種性相，動態的是指事物的種種活動。同一性相之內則有種種量度之分，同一活動之中則有種種樣態之別。例如寫「花香」、「花紅」，香、紅是花的性相；香則有濃淡不等之量度，紅則有深淺不等之量度。又如寫「花開」、「花落」，開、落是花的活動；開則有驟漸不同之樣態，落則有輕重不同之樣態。凡具體實存的事物，其性相必有某一量度，其活動亦必有某一樣態。不具量度的性相，或不具樣態的活動，只是抽象的概念，不是具體的事物。「摹狀」的目的就是要將事物具體呈現在紙面上，所以它不能只寫事物的性相與活動，而必須寫事物的性相之量度，與事物的活動之樣態。「花兒香」、「花兒紅」只是寫花的性相；「花兒淡香」、「花兒深紅」才是寫花的性相之量度。「花兒開」、「花兒落」也只是寫花的活動；「花兒驟開」、「花

兒輕落」才是寫花的活動之樣態。

從文法觀點說,寫事物的性相時,使用形容詞,如香、紅等是;寫性相之量度時,使用副詞,如淡、深等是。寫事物的活動時,使用動詞,如開、落等是;寫活動之樣態時,使用副詞,如驟、輕等是。既然「摹狀」的目的不在寫事物的性相與活動,而在寫性相之量度與活動之樣態,那麼「摹狀」的用詞就不是形容詞與動詞,而是副詞了。——這是借文法觀點以詮釋「摹狀」之技巧。而在實際文學創作上,「摹狀」之技巧實有多種型態,並不限於副詞之使用一途。但其目的必都在呈現事物的性相之量度,或事物的活動之樣態。下舉數例,分析說明,一以印證上述之理論,二以檢視「摹狀」技巧運用之概況:

【例一】他的店裡,一盆蘭花索價百萬,實在驚人。(重編國語辭典)

當我們說「價格驚人」時,「驚人」是個形容詞。但這句話說完全時,實際是「價格高得驚人」。於是可見「驚人」原是個副詞——用來修飾形容詞「高」,也就是用來描寫「高」的量度。

【例二】綿綿葛藟,在河之滸。(詩經·王風·葛藟)

葛藟生在河濱,綿綿不絕。一般而言,「綿綿」是「葛藟」的形容詞。但就「綿綿不絕」之意而分析的話,「綿綿」乃修飾「不絕」,是個副詞——表現了「不絕」之樣態。

【例三】日出江花紅勝火，春來江水綠如藍。（白居易·江南好）

「江花紅」、「江水綠」——這是寫江花與江水的性相。「紅勝火」、「綠如藍」——這是寫花與水的性相之量度。它們使用譬喻法，以火、藍為喻，表現紅與綠之量度。

【例四】有五十來歲光景，面如渥丹，鬚鬢漆黑。（老殘遊記·第九回）

一般而言，「漆黑」是個形容詞，寫「鬚鬢」的性相。但「漆黑」一詞的構造原是「黑如漆」之意，詞中實含有一個譬喻——以漆為喻，描述了「黑」之量度。類似的詞法，像「鐵石心腸」一詞，鐵、石二字雖是形容詞，但本詞之原始構造乃是「心腸如鐵、如石」——用譬喻來表現「堅硬」之量度。至於「面如渥丹」一句，即明顯是個譬喻法，用意相同。但須知「如渥丹」三字所喻不是「面」字，而是「紅」字；不過「紅」字被省略了。原來全句當寫作「面紅如渥丹」——「紅」寫性相，「如渥丹」表其量度。

【例五】趙家一門大小，日夜忙碌，早已弄得筋疲力盡、人仰馬翻。（官場現形記·第一回）

「人仰馬翻」一語單獨看時，仰、翻是兩個動詞，分別陳述人與馬的活動。但此語在上文中並不取字面之意，而是作為「混亂」之譬喻。所以應視為譬喻之法，用以表現「混亂」之量度。類似的語法，像「吃了秤砣——鐵了心」一句，「鐵」字雖只是個動詞，但所取之義為「使心如鐵般堅定」——「堅定」是心的性相，

「如鐵」則藉譬喻以表「堅定」之量度。

【例六】落絮無聲春墮淚，行雲有影月含羞。（吳文英·浣溪紗）

「落絮」是寫花的活動，「無聲」則表其活動之樣態，算是副詞。
「墮淚」是個譬喻──落絮如墮淚──仍是表「落絮」一活動之
樣態。

【例七】我見青山多嫵媚！料青山見我應如是。（辛棄疾·賀新郎）

「青山嫵媚」一語在修辭學上屬於比擬格──將青山擬人，故曰
「嫵媚」。比擬格的基礎仍屬譬喻之理，所以這裡等於是用譬喻
來表現「青山嬌美」之量度。

【例八】榆樹的巨臂伸出在他的頭頂，月光星光全都給遮住了。
　　　　（茅盾·幻滅）

這也是比擬法──將樹擬人，所以把樹枝寫成「巨臂」。「伸出」
是樹枝的活動，其樣態如同巨人的手臂。

【例九】滿園子裡便鴉雀無聲，比皇帝出來還要靜悄得多呢！連
　　　　一根針跌在地下，都聽得見響。（老殘遊記·第二回）

園子是靜極了。這「靜」的量度，文中有兩個表現法：其一是「比
皇帝出來還要靜悄得多」，這是譬喻法；其二是「連一根針跌在
地下，都聽得見響」，這是修辭學上的映襯格──借此以映襯「靜」
的量度。

【例十】金屋妝成嬌侍夜，玉樓宴罷醉和春。姊妹弟兄皆列土，

可憐光彩生門户。遂令天下父母心，不重生男重生女。

（白居易·長恨歌）

末兩句也是映襯法，借「天下父母心」映襯貴妃「寵幸」之量度。
至於前面四句，綜合來看，作者目的仍在表現「寵幸」之量度，
但不用譬喻與比擬，也不用映襯；主要只是幾個條陳事實的句子。
因爲這些事實已包含「量度」在其中，所以貴妃「寵幸」之狀態
即得以表出。這是直敘法。

【例十一】蜀山兀，阿房出。覆壓三百餘里，隔離天日。驪山北

構而西折，直走咸陽。二川溶溶，流入宮牆。五步

一樓，十步一閣……（杜牧·阿房宮賦）

這一大段文字描寫阿房宮建築之規模，也都是些直陳事實的句
法。綜合起來，自見阿房規模之量度。

以上各例大約可見「摹狀」技巧之一般型態了。白居易〈琵
琶行〉中寫琴音，用得最多的是譬喻法，例如「大弦嘈嘈如急雨，
小弦切切如私語；嘈嘈切切錯雜彈，大珠小珠落玉盤。」兩聯四
句之中就有三個譬喻。伴隨它們的是幾個狀聲詞——「嘈嘈」與
「切切」。所謂「狀聲詞」，乃是模擬實際聲音而直接呈現紙上之
詞法。衡諸本文之見 (「摹狀」之技巧在寫「事物的性相之量度」與「事
物的活動之樣態」)，狀聲詞之使用，並不盡屬「摹狀格」。以「嘈
嘈」、「切切」爲例，若二者能分別表現弦音粗細之不同，那就具
有摹狀之功能。但如《詩經》「其鳴喈喈」(周南·葛覃) 寫黃鳥

之聲，而「鼓鐘喈喈」（小雅·鼓鐘）乃寫樂器之聲，諸如此類狀聲詞，只是陳述聲音之事實，不能表現聲音之狀態，因此不屬「摹狀格」。一般也將「狀聲詞」稱爲「摹聲詞」。從名稱上看，它儼然成爲「摹狀格」之代表了。其實名稱相同並不礙其實質有別啊！

11. 說「映襯」

　　兩個陳述，彼此之間有主客關係時，客體自然產生襯托主體之作用。在修辭學上稱此種技巧爲「映襯格」。主客關係是一種相對性的關係。「相對性」的意義很廣，「相反的關係」固然是一種相對性的關係，其實凡相異的事物或觀念被相提並論時，就有了相對性的關係。舉個例說：

　　　昔我往矣，楊柳依依；今我來思，雨雪霏霏。(詩經·小雅·采薇)

上面四句，一、三句寫「昔往」與「今來」，可以說是兩個相反的陳述。二、四句寫「楊柳」與「雨雪」，不是相反的陳述，只是相異的陳述；而當這兩個相異的陳述並置在「天候」一概念之下時，即具相對性的關係。所以當論及外延大小時，「相對的關係」是大於「相反的關係」。易言之，「相對的關係」包含了「相反的關係」。

　　一個「映襯格」基本上含有兩個陳述。這兩個陳述可以是具有相反的關係，但不必須是相反的關係，只要具有相對的關係，便得成立。至於這兩個相對性陳述，何者爲主，何者爲客？自當由作者依其旨趣而安排之。一般說來，安排的結果不外兩種型態：一種是「一爲主一爲客」，一種是「互爲主客」。前者因爲是一主

一客,所以主客分明;後者因爲是互爲主客,所以主客不能絕對
區分。這兩種安排方式,在陳望道《修辭學發凡》中,統名爲「對
襯」。他說:

> 作用都在將相反的兩件事物彼此相形,使所說的一面分
> 外鮮明,或所說的兩面交相映發。

其所謂「一面」,就是指「一主一客」的映襯法;「兩面」就是指
「互爲主客」的映襯法。例如:

> 直如弦,死道邊;曲如鉤,反封侯。(漢書·五行志)

前後兩個相對性陳述,主客之分不明,大抵是互爲主客而交相映
發的型態。再如:

> 全家白骨成灰土,一代紅妝照汗青。(吳偉業·圓圓曲)

以「全家白骨」映襯「一代紅妝」——故事之主人陳圓圓。前句
是客體,後句是主體,所以是「一主一客」的型態。陳介白《修
辭學講話》特稱此法爲「陪襯」。他說:

> 陪襯,爲增加文力,於是明借他事件,陪出本題之意,
> 而有此辭格。

陳氏定義中不含「互爲主客」的映襯法,所以其所謂「陪襯」,
只是單向的映襯法——以一個客體托顯一個主體,主客分明。此
法在表現上也有幾種技巧,試分別介紹之:

壹、直 托

這是典型的「陪襯」法，主客分明，映襯作用自然完成，簡單而直接。例如：

> 與其有譽於前，孰若無毀於其後；與其有樂於身，孰若無憂於其心。（韓愈·送李愿歸盤谷序）

前後兩組文字，各是一個「直托」之例。前組，「有譽於前」與「無毀於其後」是兩個相對性的陳述。作者既用「與其……孰若」這樣的複句連接詞，主體自然在後句，前一句乃為客體。客體襯托主體，簡單直接，是為直托。後組同理。

貳、反 托

當主體與客體具有相反的關係時，作者將陳述的重心放在客體，而作用仍在托顯主體，便是「反托」。例如：

> 人生一死談何易？看得分明是丈夫。猶記息姬歸楚日，下樓還要侍兒扶。（杜牧·詠綠珠）

此詩主體是綠珠，但陳述的重心在客體——息姬。再看一例：

> 方其破荊州、下江陵、順流而東也，舳艫千里、旌旗蔽空；釃酒臨江、橫槊賦詩，固一世之雄也！而今安在哉？
> （蘇軾·赤壁賦）

此寫赤壁今昔：主體陳述只有「而今安在」一句，其餘全是客體陳述——爲作者陳述之重心所在，是爲反托法。

參、拱　托

徐芹庭《修辭學發微》說：

> 拱托者，借外物之現象襯托本文之意旨者也。

例如：

> 離婁之明，公輸子之巧，不以規矩不能成方圓；師曠之聰，不以六律不能正五音；堯舜之道，不以仁政不能平天下。（孟子·離婁篇）

徐氏說：

> 欲說明『堯舜之道，不以仁政不能平天下』，不直接敍說，卻用『離婁之明』、『師曠之聰』二句拱托出。

這其實乃是譬喻法的一種型態——利用喻體、喻依的主客關係來相襯。離婁、公輸、師曠等是喻依——陳列在前；堯舜是喻體——隨後出場。於是便有眾星拱月之態，故名拱托。上面這例是三個客體拱一個主體；不過，客體數量並非必要條件，例如：

> 玉不琢不成器，人不學不知道。（禮記·學記）

前一個陳述是喻依、是客體；後一個陳述是喻體、是主體。雖只

是一主一客，仍合「拱托」之要義。

肆、烘　托

「直托」是直接的托現，「反托」、「拱托」、「烘托」各是一種間接的托現：「反托」的主客關係是「相反的」，「拱托」的主客關係是「譬喻的」，而「烘托」的主客關係則是「因果的」——因是主體，果是客體；陳述的重心在客體（果），作用在於托出主體（因），這就是烘托法。陳介白《修辭學講話》稱之爲「映寫法」。他說：

> 映寫是作者對於事物不說其本來面目性質，只就此事物所及於他事物的影響而說明之，以顯示此事物之謂。

「此事物所及於他事物的影響」就是指一個「原因」及其所導出的「結果」。以「結果」爲客體而陳述之，藉以托出做爲主體的「原因」。例如：

> 秦氏有好女，自名爲羅敷。羅敷善蠶桑，採桑城南隅……行者見羅敷，下擔捋髭鬚；少年見羅敷，脫帽著帩頭。耕者忘其犁、鋤者忘其鋤，來歸相怨怒，但坐觀羅敷。（陌上桑）

羅敷的「美麗」是原因，少年、耕者、鋤者的「種種表態」是結果。「原因」是主體，「結果」是客體。陳述之重心在客體，終至托出了主體，此即烘托之法。這個例子的客體陳述，雖有四個之

多；不過，數量並非必要條件，例如：

> 滿園子裡便鴉雀無聲，比皇帝出來還要靜悄得多呢！連
> 一根針跌在地下，都聽得見響。（老殘遊記·第二回）

因為滿園寂靜無聲，以致連一根針落地，也聽得見響。主客體各
只有一個陳述，但「以果托因」的要義已在其中。

　　文章具有兩個相對性的陳述，是映襯格的必備條件；但有
一種映襯格的變體，是刻意變造這兩個陳述，使成一個陳述，而
在詞面上留下一種矛盾概念的組合。例如：

> 嘉會難再遇，三載為千秋。臨河濯長纓，念子悵悠悠。（李
> 陵·與蘇武詩）

「三載為千秋」是一個矛盾的陳述。原來「三載」是客觀事實，
「千秋」是主觀感受。若分別陳述之，就沒有矛盾。今變造之，
合成一個不合邏輯的陳述。在觀感上則有突梯滑稽之特效。再看
一例：

> 寶玉說：『關了門罷。』襲人笑道：『怪不得人說你無事
> 忙！這會子關了門，人倒疑惑起來，索性再等一等。』（紅
> 樓夢·第六十三回）

無事即不忙，忙即有事。所以「無事忙」是一個矛盾的陳述。試
加分析，原來這「無事」是「無意義」的意思。所以「忙」是事
實，「無意義」是評價，本無矛盾。略加變造，寫成「無事忙」，
遂成矛盾型態。此種型態的映襯法，陳望道《修辭學發凡》稱為

「反映」，意思是說「一件事物上，兩個觀點的映襯。」因為「反映」是「在一件事物上」，而「對襯」是「在兩件事物上」，所以二者不同。其實「反映」中的「一件事物」，原本也是由兩件事物變造而成，所以「反映」與「對襯」之不同是表面上的，其底蘊實無不同。

黃慶萱《修辭學》也有「反映」一類，但名為「反襯」。看他的一個例子：

> 無論從愛情、宗教、社會與個人，都柏林人都是一批活著的死者。(顏元叔·現代英美短篇小說的特質)

「都柏林人都是一批活著的死者」，這是一個矛盾的陳述。究其本意，「活著的」是指身體，「死了的」是指心靈，本無矛盾；若分別陳述，可成就一個「對襯」。今變造混合而陳述之，乃有此詭異的語句。

黃氏之映襯格，除有「對襯」、「反襯」之外，還有一個「雙襯」之法。他說：

> 對一個人、事、物，用兩種不同的觀點加以形容描繪的，叫做雙襯。

他舉的一個例子：

> 我是個極空洞的窮人，我也是個極充實的富人——我有的只是愛。(徐志摩·愛眉小札)

文中含兩個陳述：主語相同，而述語則一為「窮人」，一為「富

人」，所以呈矛盾狀態。在我們看來，「反襯」之法是「用一個主語配一對矛盾的述語」；而「雙襯」之法乃是「用兩個相同的主語配兩個相矛盾的述語」。以上例來說，「都柏林人都是一批活著的死者」──這是一個「反襯」。若改寫作：

> 都柏林人是一批活著的人，都柏林人也是一批死人。

不就成了「雙襯」？同樣，「雙襯」之例也可改寫作「反襯」，如改前例作：

> 我是個極空洞的富人。

即成「反襯」。或改寫作：

> 我是個極充實的窮人。

也是個「反襯」。所以說，「雙襯」與「反襯」之分別，甚至「反襯」與「對襯」之分別，都只是從外觀上說的；究其底蘊，原都來自具有相對性質的兩個陳述啊。

12.「誇飾」的對象與方法

　　若以「動」、「靜」二概念來說這世界，這世界可分爲「動
的」與「靜的」兩區域。區中各事物都有其性相可說。例如「花」
是靜的，而「花紅」是寫花的性相。「開」是動的，而「盛開」
是寫開的性相。從文法上說，「紅」是形容詞，「盛」是副詞；其
實都是「修飾詞」（modifier）：一個修飾「靜的」（花），一個修
飾「動的」（開）。所以「修飾詞」就是用來寫事物之性相的。不
過「修飾詞」實際有兩級之分：寫事物之性相者，爲一級修飾詞；
寫性相之程度者，爲二級修飾詞。「花兒極紅」、「花開頗盛」：「紅」
是花的性相，「盛」是開的性相，所以「紅」、「盛」爲一級修飾
詞；「極紅」寫紅的程度，「頗盛」寫盛的程度，所以「極」、「頗」
爲二級修飾詞。凡事物都有性相，凡性相都有程度。寫事物之性
相的程度，是修辭的工作：如實而言，表現精確之效果者，是其
基本功夫；而言過其實，表現特殊之效果者，就是其「誇飾格」。

　　「誇飾」亦稱「鋪張」。從客觀立場說，它是言過其實；但
從主觀立場說，它傳達了作者的眞實感覺。同樣是如實而言，所
以不等於「說謊」。由此可見「誇飾」、「鋪張」之名，是從客觀
立場說的。再以「大」、「小」一對詞來說，「過大」是誇飾，「過
小」也是誇飾。所以「誇飾」便有正反兩種方向。「千里江陵一
日返」：論其距離之大（千里），是正向誇飾；論其時間之小（一

曰），是反向誇飾。「言過其實」的要義在於「過」字。若只是極
大，或只是極小，不一定就是誇；必須是過大、或過小，才是。
至於過與不過，認定的標準大約有二：一是從「可能性的有無」
去判斷，一是從「事實上的有無」去判斷。若所寫的是事實上所
沒有的，或所寫的是常理所不可能有的，就都是「言過其實」。「可
能性的有無」，一般是就常識常理而言，方法可能比較單純；而
「事實上的有無」，則需從背景資料去考查，手續可能比較繁瑣。
舉個例說，劉向《新序》寫道：

> 齊有婦人，極醜無比，號曰無鹽女。其爲人也，臼頭深
> 目、長壯大節、昂鼻結喉、肥項少髮，折腰出胸、皮膚
> 如漆。（雜事二）

文中所寫的婦人，相貌極醜；但這裡的問題不在「可能性的有無」，
而在「事實上的有無」。如果所寫實有其事，便只能說，是那婦
人相貌異常，不是作者筆下誇張。但事實的考查，往往是有困難
的。所以說，屬於「可能性的有無」者，問題比較單純。但仍有
應該留意的地方，例如《景德傳燈錄》寫道：

> 三頭六臂擎天柱，忿怒那吒撞帝鐘。（善昭禪師）

文中寫人「三頭六臂」，依常理說，這是沒有可能的；但這裡寫
的是佛教的故事，它本即不以常識爲基調。如果我們以一般的觀
點來判讀，說它是誇飾格，就嫌不倫不類了。從觀念上說，我們
是應有上述的認知；至於在實際的運作上（包括創作與欣賞），容
或有不易嚴守分際之時，因事制宜可也。

　　修辭學中，表現「事物之性相的程度」，固然常常使用數字；但使用其他文字的機會也很多。所以誇飾格的用字，可分爲「數字」與「非數字」兩個領域。例如：

> 放閘老兵殊耐寒，一絲不掛下冰灘。（楊萬里・清曉洪澤放閘
> 四絕句）
> 兢兢業業，如霆如雷。周餘黎民，靡有孑遺。（詩經・大雅・
> 雲漢）

上面兩例都是誇飾「極少」之意：前例誇飾「衣物極少」，後例誇飾「人口極少」；前例使用數字，說「一絲不掛」，後例使用一般文字，說「靡有孑遺」。都能實現誇飾之目的。所以說誇飾格的「用字」，可有二法。

　　前文說了：寫事物之性相者，是一級修飾詞；寫性相之程度者，是二級修飾詞。二級修飾詞在文法上是屬於副詞。照此說，誇飾格的活動就是副詞的活動了。但這只是藉文法觀念來說明「誇飾活動」所屬的階層；實際誇飾格的表現方法，並不限於「使用副詞」一途。下面介紹五種誇飾法，是一般誇飾格常用的方法。每一方法都舉例說明。因爲誇飾格在「用字」上，有「數字」與「非數字」之分；在「方向」上，又有「正向」與「反向」之分；所以每一方法之下，舉例不下四、五個，希望藉此能對誇飾格作較周延的說明。

壹、極　言

「誇飾」之名，也有稱爲「極言」的。本篇的「極言」，取較狹窄的意義，就是將一種程度說到盡頭、說到極點之意。例如：

> 吾文如萬斛泉源，不擇地而出。在平地滔滔汩汩，雖一日千里，無難。（蘇軾‧文說）

文中「萬斛」、「千里」，就是用極大的數字來寫泉水之多、流水之速。再如：

> 十步之澤，必有香草；十邑之室，必有忠士。（劉向‧說苑‧叢談）

文中「十步」、「十邑」，就是用極小的數字來寫距離之短、人口之少。誇飾的方向，與前例正相反。

數字是大、是小，當依事件而論。例如：

> 一肌一容，盡態極妍；縵立遠視，而望幸焉。有不得見者，三十六年。（杜牧‧阿房宮賦）

文中「三十六年」，爲數雖不大，但實指秦皇在位總年數。宮中女子在此期間，竟有未見過皇帝一面者。就此而言，「三十六年」已是個極數。再如：

> 丈八蛇矛左右盤，十蕩十決無當前。（樂府詩集‧隴上歌）

文中「十蕩十決」，寫善戰之程度。「十」雖不是大數，但「十蕩

十決」就是百分之百的意思。所以這仍是一個極數。

　　以上是使用數字誇飾之例。至於使用一般文字的例子，如：

> 宋武帝嘗吟謝莊〈月賦〉，稱嘆良久，謂顏延年曰：『希
> 逸（謝莊）此作，可謂前不見古人，後不見來者。昔陳王
> （曹植）何足尚耶？』（孟棨·本事詩·嘲戲）

文中「前不見古人，後不見來者」，極寫人才之難得。不用數字，
只用一般文字。再如：

> 先主明日自來，至雲（趙雲）營圍，視昨戰處，曰：『子龍
> 一身是膽也。』作樂歡宴至暝。軍中號雲爲虎威將軍。（三
> 國志·蜀志·趙雲傳裴注）

文中「一身是膽」，極寫「驍勇」之程度。「一身」是「全身」之
意，所以這「一」字，不算是數字，只作一般文字看待。

貳、譬　喻

　　表達事物性相之程度，可以不用直說，而用譬喻法表出。
使用譬喻法，可能如實而言，也可能言過其實。後者便是一種誇
飾修辭。例如：

> 以天下之廣，四海之眾，千頭萬緒，須合變通，皆委百
> 司商量、宰相籌畫。（唐吳兢·貞觀政要·政體）

文中「千頭萬緒」，用極大的數字寫「絲緒」繁多。而「絲緒繁

多」又為「政務繁多」之譬喻。所以這是一個譬喻的誇飾法。再如：

> 元（王元）請以一丸泥，爲大王東封函谷關。此萬世一時
> 也。（後漢書·隗囂傳）

文中「一丸泥」，用極小的數字寫「泥丸」之少。誇飾之方向與前例相反。而「泥丸極少」又為「兵力極少」之譬喻。所以這也是一個譬喻的誇飾法。

以上是使用數字誇飾之例。至於使用一般文字的例子，如：

> 來往的，盡是咬釘嚼鐵漢；出入的，無外瀝血剖肝人。（水
> 滸傳·第九回）

文中「咬釘嚼鐵」、「瀝血剖肝」，極喻「強悍」、「剛烈」之性情。不用數字，只用一般文字。也是譬喻的誇飾法。再如：

> 學者如牛毛，成者如麟角。孔子曰：『才難。』不其然也？
> （北史·文苑傳）

文中「牛毛」極喻學者之多，「麟角」極喻成者之少。誇飾之方向相反，而都是不用數字的誇飾之法。

譬喻的使用，在認定上有一個問題應注意。例如：

> 王荊公石榴詩：萬綠叢中一點紅，動人春色不須多。（書
> 言故事·花木類·紅一點）

「萬綠叢中一點紅」常被借來指「男多女少」之意，那就是譬喻

之法；但在上文中，原是指「花少葉多」之意，所以就不屬於譬喻之法，只是「極言」而已。

參、比　較

「比較」是常被用來表達程度的一種方法。例如：

> 毛（遂）先生一至楚，而使趙重於九鼎大呂。毛先生以三寸之舌，強於百萬之師。（史記・平原君列傳）

「九鼎大呂」本極貴重，上文寫「重於九鼎大呂」，乃益加貴重。所以這是使用「比較」來誇飾的方法。下文「強於百萬之師」一句，寫法相同，且都是使用數字的誇飾法。再如：

> 夫（灌夫）無所發怒，乃駕臨汝侯曰：生平毀程不識不直（值）一錢；今日長者為壽，乃效女兒呫囁耳語。（史記・魏其武安侯列傳）

「一錢」本已極小，文中寫「不值一錢」，比較之下，尤見其小。這也是使用數字比較之法；而誇飾之方向與前例相反。

至於不用數字的「比較法」，例如：

> 負棟之柱，多於南畝之農夫；架梁之椽，多於機上之工女；釘頭磷磷，多於在庾之粟粒；瓦縫參差，多於周身之帛縷。（杜牧・阿房宮賦）

「南畝之農夫」本已極多，上文寫「多於南畝之農夫」，便是借

「比較」以誇飾之法。其餘各句，方式相同，而且都不用數字。
再如：

> 使我治天下十年，當使黃金與土同價。（南齊書·高帝本紀
> 下）

「土」之價極賤，上文寫「黃金與土同價」，則黃金低廉之程度
便得到誇飾。這也是不用數字的誇飾法，而誇飾之方向與前例相
反。再如：

> 海枯石爛，此恨難消；地老天荒，此情不泯。（明瞿佑·剪
> 燈新話·綠衣人傳）

「海枯石爛」與「地老天荒」，都是幾乎不可能的事；而上文寫
情、恨之難消，尤有過之。其誇飾之意可以想見，不過文字表面
不使用「比較」之字眼而已。

肆、對　比

　　「對比法」與「比較法」相似而不相等。比大的還要大，
或比小的還要小，都是「比較」的誇飾法。而藉大的與小的相對
映，以彰顯大的，或彰顯小的，則是「對比」的誇飾法。例如：

> 後宮佳麗三千人，三千寵愛在一身。（白居易·長恨歌）

文中「三千」是極大，「一身」是極小；兩相對照，貴妃受寵的
程度乃益見彰顯。再如：

> 我本鄆城小吏，身犯大罪，蒙眾兄弟於千槍萬刃之中，
> 九死一生之內，屢次捨著生命，救出我來。（水滸傳·第九
> 十三回）

以「十」爲滿數，一最小，九最大。「九死一生」，大、小對照，
生機之渺小乃見彰顯。此與前例同爲使用數字表現，唯誇飾之方
向相反。至於不用數字的「對比法」，例如：

> 吾力足以舉百鈞，而不足以舉一羽；明足以察秋毫之末，
> 而不見輿薪。（孟子·梁惠王上）

文中「百鈞」與「一羽」，仍屬於數字的對比法；而「秋毫」與
「輿薪」則是一般文字的對比法。「秋毫」微渺，「輿薪」顯著。
單說「不見輿薪」，已是誇言；何況又說「足以察秋毫之末」，其
「不用明」之程度似更加倍。再如：

> 羊質而虎皮，見草而悅，見豺而戰，忘其皮之虎矣。（揚
> 雄·法言·吾子）

文中「羊質而虎皮」，以羊、虎對比。羊本極弱，與虎對照，乃
尤見其弱。是爲對比誇飾之法。誇飾之方向與前例相反。

伍、托　現

言在此而意在彼，誇於此而見於彼，就是「托現」之誇飾法。例
如：

> 子在齊，聞韶，三月不知肉味。曰：『不圖爲樂之至於斯也！』（論語·述而）

食肉「不知其味」，肇因於「韶樂」感人之深。三月之久，是誇大之言。由此以見感動之深度。此即「托現」之誇飾法。再如：

> 楊子爲我，拔一毛而利天下，不爲也。（孟子·盡心上）

「一毛不拔」是源於「爲我」的思想。「一毛」極小，「一毛不拔」是誇言。由此以見自私之程度。誇飾之方向與前例相反，但都是使用數字之例。

至於不用數字的例子，如：

> 堯又召（許由）爲九州長，由不欲聞之，洗耳於潁水之濱。時其友巢父牽犢欲飲之，見由洗耳，問其故，對曰：『堯欲召我爲九州長；惡聞其聲，是故洗耳。』（晉皇甫謐·高士傳）

因爲「惡聞其聲」，所以「洗耳」。「洗耳」是誇大之詞，藉此以托現「惡聞」之程度。這是不使用數字的例子。再如：

> 趙王好勇，而民多輕死；楚靈王好細腰，而民多餓死。（韓非子·二柄）

腰細之至，至於餓死。文中「餓死」是結果，「細腰」是原因。寫結果，可以見原因，是爲「托現」。誇飾之方向與前例相反，但都不用數字。

上文將誇飾之法分類舉例，是爲了方便解說之故。在實際作品裡，數法併用的例子甚多。例如：

> 談空空於釋部，覈玄玄於道流；務光何足比？涓子不能儔！（孔稚珪·北山移文）

談「空」，以「釋部」爲極；論「玄」，以「道流」爲極；說「清」，以「務光」爲極；比「高」，以「涓子」爲極。所以上文用了四個「極言」；同時也使用了四個「比較」：「空於」、「玄於」、「何足比」、「不能儔」。所以這是屬於「極言」與「比較」二法併用之例。再如：

> 芥千金而不盼，屣萬乘其如脫。（同上）

「芥」與「屣」極賤，「千金」與「萬乘」極貴，所以上文用了兩個「對比」；同時也使用了兩個「托現」：以「芥千金」、「屣萬乘」之外顯行爲，托現幽人高士之內在品格。所以這是屬於「對比」與「托現」二法併用之例。再如：

> 人固有一死；死有重於泰山，或輕於鴻毛。（司馬遷·報任少卿書）

說「價值」之輕與重，以「鴻毛」與「泰山」爲喻，所以上文用了兩個「譬喻」；同時也使用了兩個「比較」：「重於」、「輕於」。所以這是屬於「譬喻」與「比較」二法併用之例。再如：

> 假令僕伏法受誅，若九牛亡一毛，與螻蟻何以異？（同上）

文中「九牛亡一毛」是「損失極小」之喻；而「九牛」與「一毛」
又是極大與極小之對照。所以這是屬於「譬喻」與「對比」二法
併用之例。再如：

> 公子王孫逐後塵，綠珠垂淚滴羅巾。侯門一入深似海，
> 從此蕭郎是路人。(唐范攄・雲溪友議卷上)

文中「侯門深似海」，用了一個「譬喻」；而「海」又是「深」之
極言。所以這是屬於「譬喻」與「極言」二法併用之例。

關於「誇飾修辭」之認識，應及於「誇飾之對象」與「誇
飾之方法」兩方面。一般修辭學專書多半以「誇飾之對象」為論
述之主體，而少及於「誇飾之方法」。陳望道《修辭學發凡》稱
「誇飾」為「鋪張」，篇中將「鋪張」分為「普通鋪張」、「超前
鋪張」兩種。而「普通鋪張」之下又分「數量上的鋪張」與「性
狀上的鋪張」兩類。所謂「數量上」、「性狀上」，都是指「誇飾
之對象」而言。而「超前鋪張」實際就是「時間上」的鋪張。所
以《修辭學發凡》的論述重心就在「誇飾之對象」。後來黃慶萱
先生《修辭學》分誇飾之對象為四類：空間的誇飾、時間的誇飾、
物象的誇飾、人情的誇飾。所分之類雖較為平整而周延，但實際
之誇飾作品不能納入這四類之中者仍多，由此可見分類之難。

本篇論「誇飾」，將重心放在「誇飾之方法」，可以補足讀
者對誇飾格的認知。分類作五，已如上述。至於「誇飾之對象」，
本篇只扼要陳述一個觀念，就是：事物之性相的程度，即「誇飾」
之根本對象。由此而下，再分「事物之性相」為「動的」與「靜
的」兩大領域。如此而已。分類簡約，或許可以減少掛漏也。

13. 排偶辭格的組成元素及其活動方式

　　「排偶」一名在修辭學中是「排比」與「對偶」兩辭格的合稱。這兩辭格在一般修辭學專書裡，或合篇論述，或分篇介紹。即使分篇介紹，也都一前一後，比鄰而居。此中原裡乃因雙方關係十分密切之故。分篇、合篇，各有其便，無可厚非。重要的是不可不知：這兩個修辭技巧在觀念上盡可清楚區別，但在實際作品裡，經常難以二分。若以為兩者截然有別，因而分篇介紹，這固然是不對的；若只因分篇介紹，致使讀者以為兩者截然有別，這也是不妥的。就此而言，我個人主張合篇介紹，再在介紹過程中，適時指點雙方異同之所在，及其經常難以二分之故。如此可望讀者在理論與實作上，都得到一個較圓融的認知。

　　從「名義」上說，「排比」就是排列成序的意思。能排列成序的事物，彼此應屬「同類」的關係。「對偶」就是對立成雙的意思。能對立成雙的事物，彼此應屬「異類」的關係。在文學作品中，上文與下文表現成「同類」或「異類」的關係，就是排比格或對偶格的基本目的。這所謂「同類關係」、「異類關係」，乃是一綜合的印象，實際包括文字的形式與內容雙方面。

上文與下文是「同類關係」，還是「異類關係」，在實際作品中，往往不易認定。看看大量的排偶作品，恍惚疑似於二格之間、難分難解的事實，我們就不得不承認排偶二格關係之密切與複雜。一個辭格分析下來，總可以看出它是由哪些單元所造就的。這些單元，本篇稱之為元素。兩個辭格之所以有異有同，原因之一是：組成辭格的元素有異有同；原因之二是：元素的活動方式有異有同。排偶二格之所以關係密切，即因它們的組成元素相同；而它們之所以關係複雜，即因那些元素的活動方式異同交錯。

下面即介紹排偶二格的共同元素，並逐一說明這些元素在排偶修辭中的活動方式。都舉實例，詳作論述。

壹、句　型

「句型」一元素是許多辭格所共同涉及的，排偶二格自不例外。而「上下文的句型相同」則是此元素在排偶二格間一致的活動方式。一段文章，上文與下文的句型不同，就不屬於排比格，也不屬於對偶格。所謂「句型相同」，可以這樣定義：句與句中都有相同的文法單元，並依相同的順序排列這些單元。例如：

> 兩個黃鸝鳴翠柳，一行白鷺上青天。(杜甫·絕句)

上下句主詞：「兩個黃鸝」、「一行白鷺」，都是組合式複詞；動詞：「鳴」、「上」，都是單字；處所詞：「翠柳」、「青天」，也都是組合式複詞。三詞的排列順序，上下句都一樣，所以上下呈平行對稱的狀態。這就是相同的句型。再如：

> 我有所念人，隔在遠遠鄉；我有所感事，結在深深腸。(白
> 居易·夜雨詩)

上下雖有四個小句，但應作兩大句看。因為前兩句、後兩句，各
是一個複句。然後再比較這兩個複句，句中的文法單元及其排列
順序都一樣，所以這也是兩個相同的句型。上下句型必須相同，
才能比，也才能對。所以這是排比、對偶的共同要件。

貳、文　意

　　前文說過，上文與下文表現成「同類」、「異類」的關係，
就是排、偶修辭的基本目的。因此從「文意」一元素來說，上下
文意同類，是排比活動的條件；上下文意異類，是對偶活動的條
件。由於同類，才得以排列；由於異類，才得以對立。例如：

> 無惻隱之心，非人也；無羞惡之心，非人也；無辭讓之
> 心，非人也；無是非之心，非人也。(孟子·公孫丑上)

人性有四端，這四端彼此間為同類的關係，因而得以排列成序。
另如：

> 士有解佩出朝，一去忘返；女有揚蛾入寵，再盼傾國。(鍾
> 嶸·詩品序)

人性分男女，處世論進退。男、女有別，進、退不一，彼此間為
異類的關係，因而得以對立成雙。但事物所屬的類，可能隨觀點

改變而不同。以上述「惻隱之心」與「羞惡之心」爲例，二者既同屬於人之性，但又分別爲仁與義。再以「男」與「女」爲例，二者既分別爲異性，但又同屬於人之類。所以上下文意之異同，往往無法絕對論斷。端賴所據之觀點而定。

上下文意除了「同類關係」、「異類關係」之外，實際還有一種「重複」的關係，例如：

> 繫頸蠻邸，懸首稿街。（丘遲・與陳伯之書）

「繫頸」即「懸首」之意，「蠻邸」即「稿街」之意。所以這上下文意是「重複」的關係。從「文意」一元素說，上下重複，則既非同類關係，亦非異類關係。所以既不合排比格之概念，也不合對偶格之概念。但此種作品實出自作者製造「對偶格」之修辭意圖，不過其對偶不在文字內容上，只在文字形式上。

參、句　數

一個單句自然不成排比，也不成對偶。排比格表現「同類關係」的排列，句數既沒上限，也沒奇偶之限。例如：

> 臣聞：地廣者粟多，國大者人眾，兵強者士勇。（李斯・諫逐客書）

這是三句一排。

> 今陛下致昆山之玉，有隨和之寶，垂明月之珠，服太阿

之劍，乘纖離之馬，建翠鳳之旗，樹靈鼉之鼓。(同上)

這是七句一排。

對偶格則表現「異類關係」的對立，所以句數必限於偶數
——常見的有雙句對、四句對。例如：

> 一坯之土未乾，六尺之孤何託？（駱賓王·爲徐敬業討武曌
> 檄）

這是雙句成對。

> 燕啄皇孫，知漢祚之將盡；龍漦帝后，識夏庭之遽衰。(同
> 上）

這是四句成對。因爲一、三句成對，二、四句成對，所以也稱「隔
句對」。實際仍應看做雙句對——前兩句是一個複句，後兩句也
是一個複句。

兩個句子，實際可能是同類的關係，也可能是異類的關係；
所以按理說，雙句可以對偶，也可以排比。但如前文已說到的：
「事物所屬的類，可能隨觀點改變而不同」；而句數的多寡正有
以影響觀點之取得。所以排、偶「句數」之多寡，乃有連帶講究
之必要。例如：

> 仲宣獨步於漢南，孔璋鷹揚於河朔，偉長擅名於青土，
> 公幹振藻於海隅，德璉發跡於魏北，足下高視於上京。（曹
> 植·與楊德祖書）

一般的印象，這是六句同類的文意——列敘當代文學鉅子。因同類而排列，所以應屬排比格。再如：

> 伯牙絕弦於鍾期，仲尼覆醢於子路。（曹丕·與吳質書）

一般的印象，這是兩句異類的文意——前者寫知音之難遇，後者寫門人之莫逮。因異類而對立，所以應屬對偶格。今試將前一例截取二句，單獨來看：

> 仲宣獨步於漢南，孔璋鷹揚於河朔。

一個獨步於漢南，一個鷹揚於河朔，不也是兩個對立的文意，因而成為對偶格？由此可見，「句數」之多寡有以影響上下文意之類型。所以結論是：對偶格的「句數」必須成雙；而排比格應在「三句以上」。

肆、字　數

這是指排偶格中，上下句字數之異同。對偶的概念是「相對成雙」，所以各句字數當然相同。排比無此性質，所以各句字數容許參差。例如：

> 為人能辛苦，則無荒於禽、無荒於觴、無荒於色、無荒於瓊宮瑤臺之觀。（史可法·請進取疏）

前三句各四字，末句九字。如此字數，是排比之特徵。但畢竟上下文「句型相同」是其必要條件，所以字數雖可參差，通常相差

不多。例如：

> 請句踐女女於王，大夫女女於大夫，士女女於士。（國語·
> 越語）

三句排比，前兩句各七字，末句五字，只差二字。

伍、用　字

　　對偶格爲表現上下文的「異類關係」，所以在「用字」上乃
盡量「求異」——文意不同之處，用字固然不同；文意相同之處，
用字亦盡量變化。例如：

> 落霞與孤鶩齊飛，秋水共長天一色。（王勃·滕王閣序）

「落霞、孤鶩」之意固不同於「秋水、長天」，而「與、齊」之
意實同於「共、一」——只是變化用字而已。再如：

> 霍子孟之不作，朱虛侯之已亡。（駱賓王·爲徐敬業討武曌檄）

霍子孟、朱虛侯二人雖同爲忠貞之士，但畢竟名字不同。如此互
用，可以說是「變化用字」之引伸義。

　　至於排比格本爲表現上下文的「同類關係」，故其用字乃傾
向「求同」——文意不同之處，用字自然不同；文意相同之處，
則盡量不變用字。例如：

> 或生而知之，或學而知之，或困而知之。（禮記·中庸）

上下文意既然有別，「生」、「學」、「困」這三個字便自然不同。
其餘用字則上下不變。

陸、語　氣

　　「語氣」主要有四種：肯定與否定、直敘與疑問。排偶修
辭中，「語氣」一元素的應用多屬形式的目的。排比格上下文意
以「同類」為本質，所以上下文講究「語氣」的一致性。例如：

　　　志於道，據於德，依於仁，游於藝。(論語·子罕)

　　　富貴不能淫，貧賤不能移，威武不能屈。(孟子·公孫丑)

上例各句一致為肯定語氣，下例各句一致為否定語氣。這就是排
比格在「語氣」上的表現。對偶格上下文意以「異類」為本質，
所以上下文講求「語氣」的變化。語氣的變化，不即等於文意的
變化，因此這只是修辭形式上的技巧。例如：

　　　時運不齊，命途多舛。(王勃·滕王閣序)

上下兩句，文意實同，並無對立性。但上句用否定語氣，下句用
肯定語氣，乃在形式上表現成一種對立關係。又如：

　　　楊意不逢，撫凌雲而自惜；鍾期既遇，奏流水以何慚？(同
　　　上)

上下文意相反，在內容上已合乎「對偶」之概念。上下語氣也作
了變化：先用否定，後用疑問。所以在形式上也表現了「對偶」

的姿態。

以上六元素是排比、對偶兩辭格所共涉的。其中，上下文「句型相同」是雙方一致的要求；此外，在各元素的活動方式上，雙方的要求互有異同。我們依排、偶的基本概念，先確立了標準模式，然後依此模式來閱覽實際作品，才不致墮入恍惚疑似之中。但這並不意味著要用標準模式做為評量作品的尺度。而事實上，合乎標準模式的作品也不在多數。舉個例看：

> 泰山不讓土壤，故能成其大；河海不擇細流，故能就其深；王者不卻眾庶，故能明其德。（李斯·諫逐客書）

一般的印象，這是個排比格。但是從「用字」一元素來看時，首句的「不讓」、次句的「不擇」、末句的「不卻」，三詞之意實同，不過變化用字而已。「變化用字」乃是對偶格的活動方式，不是排比格的常規。因此，儘管說這是一個排比，其實也不是標準的排比。再舉個例看：

> 生則天下歌，死則天下哭。（荀子·解蔽）

一般的印象，這是個對偶格。但是從「用字」一元素來看時，上下句各五字之中，三個字全同。這是排比格的活動方式，不是對偶格的常規。因此，儘管說這是一個對偶，也不是標準的對偶。

所有的排偶修辭作品中，除部分合乎標準模式外，其餘多屬距離之遠近不同而已。我們如果持「非排即偶，非偶即排」的成見，來論斷這些作品，顯然是方鑿圓枘，不切實際。

「排比」與「對偶」，名稱意義不同。由此我們領略到兩種

不同的修辭意圖之存在。這兩種意圖，簡單的說，一是要表現「同類關係之排列」，一是要表現「異類關係之對立」。這兩種意圖源自人心中，不過落實在實際作品時，或爲主觀因素，或爲客觀因素，總之不必然表現成標準的模式。但這並不意味著文學價值的折損。所以最後我們便有兩個呼籲，一是：關於排偶技巧的辨認，勿用簡單的二分法，概括下斷；二是：對於排偶修辭的評價，勿用所謂標準模式做尺度。這就是我們對排、偶修辭應有的認識。

14. 論「層遞」──頂眞筆法、排比句型

《論語》〈雍也篇〉有段文字：

> 知之者不如好之者，好之者不如樂之者。

從文法上看，這段文字共有兩個句子：上句主詞是「知之者」，下句主詞是「好之者」──這「好之者」正是上句的客詞；而下句的客詞是「樂之者」。兩句各有一主詞、一客詞；但因下句的主詞即上句的客詞，所以兩對主客，實際只有三個詞。此外還有兩個相同的表述詞「不如」──表述了主客雙方的「關係」。上下兩句所表述的「關係」相同，不過是主詞與客詞遞轉罷了。像這樣：下句的主詞即上句的客詞，且上下兩句都表述同一「關係」（即同樣內涵的主客關係），而成爲「甲之於乙，猶乙之於丙」，甚至「猶丙之於丁……」如此的層層傳遞，就是層遞格的基本性質與標準形式。

陳騤《文則》云：

> 文有上下相接若繼踵然，其體有三：其一曰敘積小至大，

　　如中庸曰：『能盡其性，則能盡人之性；能盡人之性，則
　　能盡物之性；能盡物之性，則可以贊天地之化育；可以
　　贊天地之化育，則可以與天地參矣。』此類是也。其二
　　曰敍由精及粗，如莊子曰：『古之明大道者，先明天，而
　　道德次之；道德已明，而仁義次之；仁義已明，而分守
　　次之；分守已明，而形名次之；形名已明，而因任次之；
　　因任已明，而原省次之；原省已明，而是非次之；是非
　　已明，而賞罰次之。』此類是也。其三曰敍自流極原，
　　如大學曰：『古之欲明明德於天下者，先治其國；欲治其
　　國者，先齊其家；欲齊其家者，先修其身；欲修其身者，
　　先正其心；欲正其心者，先誠其意；欲誠其意者，先致
　　其知。』此類是也。

這是層遞格的早期概念。試檢視上文中所舉的三個例子：

　　一、中庸曰：「能盡其性，則能盡人之性；能盡人之性，
　　　　則能盡物之性……」

原例較繁，茲只取前面兩大句：上句的主、客詞是「能盡其性」
與「能盡人之性」；下句的主、客詞是「能盡人之性」與「能盡
物之性」。正合乎「甲之於乙」、「乙之於丙」的關係形式。再查
這兩句所表述的「關係」，同樣都是說：主詞與客詞屬於一種「條
件關係」（如能……則能）。所以此例是標準的層遞格。

　　二、莊子曰：「……先明天，而道德次之；道德已明，而
　　　　仁義次之……」

上下兩句的主、客詞分別是：「天」與「道德」、「道德」與「仁義」——兩對主客，三個詞。所表述的「關係」都是：主詞與客詞具有一種「先後關係」。

> 三、大學曰：「古之欲明明德於天下者，先治其國；欲治其國者，先齊其家……」

「明明德於天下」與「治其國」之間是一種「條件（先後）關係」；「治其國」與「齊其家」之間也是一種「條件（先後）關係」。

檢視的結果，這三個例都與本文篇首所分析的例子（論語·雍也）一致，因此都屬標準的層遞格。兩個句子（兩對主客，三個詞）是層遞格的最小單位。至於三個句子（三對主客，四個詞）、四個句子……以至無窮，形式類推，其理相同。所以層遞修辭法就像「接力賽跑」一般：全程只是同一枝棒子（同一種「關係」概念），每次遞棒，前人（上句）握棒首，後人（下句）握棒尾，必有一個同時握棒的時間（下句之首疊用上句之尾），才能成功傳遞。

因為層遞格是如此的一種修辭活動，所以它在語文形式的選用上，自然就有兩個特徵：

（一）應用頂真筆法

「頂真」之定義，陳望道《修辭學發凡》說：

> 頂真是用前一句的結尾來做後一句的起頭，使鄰接的句子頭尾蟬聯而有上遞下接趣味的一種措辭法。多見於歌曲。如翟義門人作的〈平陵東〉：『平陵東，松柏桐，不

　　　　知何人劫義公。劫義公，在高堂下，交錢百萬兩走馬。
　　　　兩走馬，亦誠難，顧見追吏心中惻。心中惻，血出漉，
　　　　歸告我家賣黃犢。』……

可見「頂眞」也者，單純只是一種筆法之名：下句之首疊用上句
之尾，成一種銜接之態，即是。歌詞之中如此銜疊，原是爲歌詠
之情趣而設的；層遞格應用頂眞筆法，則是由於其所傳達的主、
客詞之間連續有相同的「關係」概念。理由本來不同，但在語文
形式的表現上卻是相類的，所以我們可以說：層遞格應用的是頂
眞筆法。但在整體的表現上，頂眞格用於歌謠，層遞格用於前述
的環境，兩格的基本目的截然不同。

（二）應用排比句型

　　排比句型的特徵是：前後句式相當，句中常共用一二關鍵
字，以強調其前後句的類比關係。例如：

　　　　不爲不可成，不求不可得，不處不可久，不行不可復。(管
　　　　子·牧民篇)

這是典型的排比句法。比較看一個層遞句法：

　　　　名不正則言不順，言不順則事不成，事不成則禮樂不興，
　　　　禮樂不興則刑罰不中，刑罰不中則民無所措手足。(論語·
　　　　子路篇)

這是典型的層遞句法。兩相比較，異同顯然：在句式上都是前後

相當的，不過下一例的前後句間有銜疊筆法，而爲上一例所無。此外，上一例各句所表述的只是「相似的關係」，而下一例各句所表述的則是「相同的關係」（同爲「條件關係」）。所以層遞與排比的界線是顯然可別的。

頂眞筆法所呈現的銜疊形式，本身即易予人一種「次序感」，所以它先天地就適用於傳達具有「次序性」的訊息。層遞格因爲應用頂眞筆法，所以也就予人一種「次序性」的印象。但「先天適用」並不等於「後天必用」。也就是說，頂眞修辭法不必然都表現「次序性」，層遞修辭法也不必然都表現「次序性」。如前已說，層遞格原是爲傳達「主、客詞之間連續有相同的『關係』概念」而設計的，並不是爲傳達「次序性的訊息」而設計的。只因它不能避免使用銜疊形式（甲乙、乙丙、丙丁……），再加上它經常被用來表述「比較」的概念（如大小、精粗等），遂造成人們的誤解。

這個誤解或許可以說是始於陳騤的《文則》，因爲他是早期層遞概念的提示者。看他所揭舉的三種體例：其一曰「積小至大」，其二曰「由精及粗」，其三曰「自流極原」。這三個標題都指認了層遞格的「次序性」。《文則》所舉的三個例子，前文已做了分析。我們以爲：「次序性」只是層遞格常用的內容材料，而不是層遞格的形式本質。陳騤所舉的例子都不錯，錯在他所提的說明有了偏差。後代學者不察，始終認定「次序性」的表出是層遞格的基本目的。果眞如此，那麼凡能表達「次序性」的方法──即使不用頂眞──亦當納入層遞格之中了，於是《修辭學發凡》就用了這樣一個例子：

> 太上不辱先；其次不辱身，其次不辱理色，其次不辱辭
> 令，其次屈體受辱，其次易服受辱，其次關木索被箠受
> 辱，其次剃毛髮嬰金鐵受辱，其次毀肌膚斷肢體受辱；
> 最下腐刑極矣。（司馬遷·報任少卿書）

這是一個陳述「次序性」的例子，但它不用頂眞筆法，而用次序
性的「關聯詞語」如「太上」、「其次」、「最下」等。

陳騤之見地雖有偏頗，但所舉的例子還都在正當的範圍之
內。他開頭一句話說「文有上下相接若繼踵然」，這「繼踵」二
字應該用來指銜疊的形式，而非指材料的次序性。假設「層遞」
的目的只是在表出「次序性」，又假設題材本身已顯現了「次序
性」，那麼不但「銜疊形式」可以不用，連次序性的「關聯詞語」
也可以不用了，只要依序陳列材料，即成層遞修辭。所以成偉鈞
等人編《修辭通鑑》就說：

> 句中選用一些恰當的關聯詞語，如首先、其次、再次、
> 在、到、於、大、中、小等，使層遞關係更加明顯。如
> 果表現層遞關係的意思本來已經明顯，則不必再增加這
> 些關聯詞語，以免成爲贅疣。

屈指數來，今天學者心目中的層遞格，總計有三種款式：一是使
用「頂眞筆法」的，二是使用次序性「關聯詞語」的，三是由材
料自身顯現次序的。若依我們之見，層遞格只能有一種款式，那
就是應用「銜疊形式」的款式——即應用「頂眞筆法」的。雖然
從外觀上看，這三種款式都能表現「次序性」，但「次序性」的

表現並非層遞格的原始目的。所以上述二、三款都算不得是層遞修辭。

我們的結論是：「頂眞筆法」加上「排比句型」，便是層遞格的定義。二者不但是層遞格的充足條件，而且是必要條件。即使退一步說，單從修辭藝術的觀點看，二、三款的藝術性亦極粗淺，焉能與第一款相提而並論也？

15. 「錯綜」之概念與名稱

「錯綜」一詞，起用甚早。《易經·繫辭》云：

> 參伍以變，錯綜其數。

大約是取「參差變化」之義，與「整齊畫一」之義正相反。在修辭原理上說，「整齊畫一」固是一種美觀，但本質上它也是一種「重複」──因重複而整齊畫一。重複則常流於沉悶，使人不悅。補救之道就是參伍錯綜以求變化。由此說來，「錯綜」的修辭目的就是在避免文辭形式的重複。下文介紹六種「避免重複」的修辭技巧──依序標題，並舉例說明：

一、抽換詞面

韓愈〈祭十二郎文〉有一段文字：

> 所謂天者誠難測，而神者誠難明矣。所謂理者不可推，
> 而壽者不可知矣。

從句型上說，前兩句與後兩句是排比的關係；而前兩句之間、後兩句之間，也各自是排比的關係。句中用詞，「難測」與「難明」同義；「不可推」與「不可知」同義。義同而詞不同，這是為避

免文辭重複而作。陳望道《修辭學發凡》稱此爲「抽換詞面」(見於該書〈錯綜〉。下同)

顧炎武〈與友人論學書〉有一段文字：

> 命與仁，夫子之所罕言也；性與天道，子貢之所未得聞也。

上句「夫子之所罕言也」，與下句「子貢之所未得聞也」，有因果之關係，所以實際同指一事。義同而句不同，也是爲避免文辭重複而作，可視爲「抽換詞面」之擴大。

《禮記·祭統篇》有一段文字：

> 王后蠶於北郊，以供純服；夫人蠶於北郊，以供冕服。

鄭玄注云：

> 純服，亦冕服也，互言之爾。

「純服」即「冕服」，義同而詞不同。上文用「純服」，下文改用「冕服」，也是爲避免重複而作。鄭玄稱爲「互言」。

《詩經·大序》：

> 故正得失，動天地，感鬼神，莫近於詩。

孔穎達疏云：

> 天地云動，鬼神云感，互言耳。

「感」與「動」同義。上文用「動」，下文即改用「感」，以避重

複，孔穎達亦稱爲「互言」。「互言」、「互文」或「互見」，名義相同。漢、唐以來學者常用以指「抽換詞面」之義。

二、交蹉語次

《列子·仲尼篇》有一段文字：

> 夫有易於內者，無難於外；於外無難，故名不出於其家。

第二句「無難於外」，在第三句變爲「於外無難」。義同而詞序不同，這是爲避免形式重複而作。

《左傳》僖公三十三年：

> 秦違蹇叔而以貪勤民，天奉我也。奉不可失，敵不可縱；
> 縱敵患生，違天不祥。

「（天）奉不可失，敵不可縱」二句，先說天，後說敵；正與末兩句——先說敵，後說天——句序相反。這也是爲避免形式重複而作。詞序、句序的變化，《修辭學發凡》稱爲「交蹉語次」。

《詩經·小雅·采綠》：

> 之子于狩，言韔其弓；之子于釣，言綸之繩。

鄭玄箋云：

> 綸，緍也。君子往狩與，我當從之，爲之韔弓；其往釣
> 與，我當從之，爲之繩緍。

俞樾《古書疑義舉例》云：

> 按笺以韣弓、繩繳對舉，則知下句繩字，與上句韣字對；
> 下句綸字，與上句弓字對。蓋錯綜以成文也。

「言韣其弓」、「言綸之繩」二句，若順勢而寫，當寫成「言韣其弓」、「言繩其綸」。今變化下句詞序作「言綸之繩」，也是爲避免形式重複而作。俞樾稱之爲「錯綜成文」。徐芹庭《修辭學發微》說：

> 將語詞排列之次序，交錯而參差之，以造成詞位之變化，
> 而構成文義之新穎、語氣之崢嶸者，謂之錯綜。

在此，「錯綜」是「交蹉語次」的別稱。

三、伸縮文身

韓愈〈原毀〉有一段文字：

> 聞古之人有舜者，其爲人也，仁義人也。求其所以爲舜者，責於己曰：『彼人也，予人也；彼能是，而我乃不能是。』

「責於己曰」以下有四句，兩兩排比。原始的寫法應作：

> 彼人也，予人也；彼能是，我不能是。

各句字數本相當，原作末句伸長後爲六字句。這也是爲避免形式

重複而作。蘇軾〈潮州韓文公廟碑〉：

> 匹夫而爲百世師，一言而爲天下法。是皆有以參天地之
> 化，關盛衰之運。……此豈非參天地、關盛衰、浩然而
> 獨存者乎？

文末「參天地」、「關盛衰」兩個三字句，本即是上文「參天地之
化」、「關盛衰之運」兩個五字句。爲避免上下重複而予以縮短。
伸長與縮短之目的相同，《修辭學發凡》稱此爲「伸縮文身」。黃
永武《字句鍛鍊法》說：

> 將長短不同的句子，夾雜排列，或增減上下句的字數，
> 故意變動整齊的句式，使整齊之中，寓有變化的辭格，
> 叫做參差。

在此，「參差」是「伸縮文身」的別稱。

四、變化句式

韓愈〈原道〉有一段文字：

> 是故以之爲己，則順而祥；以之爲人，則愛而公；以之
> 爲心，則和而平；以之爲天下國家，則無所處而不當。

全文本是排比句法，都屬肯定語氣；卻將末句變爲雙否定之句。
這仍是爲避免形式重複而作。

范仲淹〈嚴先生祠堂記〉：

蓋先生之心，出乎日月之上；光武之量，包乎天地之外。

微先生，不能成光武之大；微光武，豈能遂先生之高哉？

全文排比，後半段本不例外；卻在上、下句間作了變化：前爲否定語氣，後爲疑問語氣。前後意念是畫一的，唯語氣起變化。《修辭學發凡》稱此爲「變化句式」。

五、蒙上省文

《孟子·梁惠王》：

> 梁惠王曰：『寡人之於國也，盡心焉耳矣。河内凶，則移其民於河東，移其粟於河内；河東凶，亦然。』

「河内凶」之下有兩句；「河東凶」之下亦當有相對的兩句。若依實而寫，必多重複。用「亦然」二字代替，簡化了表達方式，避免了重複。在《修辭學發凡》中，此爲「省略格」。

《左傳》定公四年：

> 楚人爲食，吳人及之，奔。食而從之。

《古書疑義舉例》云：

> 此文奔字，一字爲句，言楚人奔也。食而從之，四字爲句，言吳人食楚人之食，食畢而遂從之也。奔上當有楚人字，食而從之上當有吳人字，蒙上而省也。

《修辭學發微》說：

> 省略者何？省略句中之語句也。何爲省略句中之語句？
> 爲免重複求簡捷故省略之也。

六、互文見義

《左傳》隱公元年：

> 『君何患焉？若闕地及泉，隧而相見，其誰曰不然？』
> 公從之。公入而賦：『大隧之中，其樂也融融。』姜出而
> 賦：『大隧之外，其樂也泄泄。』遂爲母子如初。

孔穎達疏云：

> 入言公，出言姜，明俱出入，互相見。

公、姜二人俱有出、入，若依實而寫，難免重複。於是入言公，
出言姜；藉公、姜、出、入四字之交互關係以表出完整的意思，
是爲「互見」──互文見義。

《詩經·周南·葛覃》：

> 薄汙我私，薄澣我衣。

陳奐《毛詩傳疏》云：

> 汙與澣正相反，私與衣又相連。上句言汙，下句言澣；
> 上句言私，下句言衣，皆互詞耳。

《字句鍛鍊法》說：

> 爲求節省文字，變化字面，有用參互見義的方法，相備相釋，這種修辭法，叫做互文。

賈公彥《儀禮疏》：

> 凡言互文者，是兩物各舉一邊而省文，故云互文。

各舉一邊而省一邊，就是爲避免重複之故。

　　以上六種修辭技巧，其共同功能在避免文辭形式的重複。於此，從來學者之見地無多差異；唯在名稱之選用，及名稱內涵之廣狹，頗見異議。在名稱之選用方面，如「抽換詞面」一名，漢、唐以來學者亦稱「互言」、「互見」……；近人楊樹達則稱「避複」。「交蹉語次」一名，俞樾以來學者或稱「錯綜」。「伸縮文身」一名，近人或稱「參差」。至於名稱內涵之廣狹，如「互文」一名，今人多專用爲「互文見義」（本篇第六條）之義，前人往往兼用指「抽換詞面」（本篇第一條）之義。而「錯綜」一名，古今學者多有單取「交蹉語次」（本篇第二條）之義者，陳望道等人則以之爲本篇第一條至第四條之總稱。

　　吾人之見，一般辭格都可以有兩個名稱：一個是專名，一個是共名。專名之用，所以區分辭格；共名之用，所以會通辭格。以本篇所論六種修辭技巧而言，篇中六個標題可視爲六個專名；而篇前題目「錯綜」即可視爲一個共名。若不用「錯綜」，而改稱「避複」，也能名副其實的。

16. 引用典故

　　修辭學專書一向分別介紹「引用」與「用典」為兩種修辭技巧。我以為若放寬角度，這兩種技巧可以看成一回事。

　　我們說話、寫作、表達意思，有時並不直用自己的言語，而借用前人的言語或故事，間接表達己意。這樣的表達方式，事有所本、語有所出，一向都叫做「用典」——引用典故。所以，廣義地說，前塵往事，是典故；陳言舊語，也是典故。

　　引用舊語，自不在話下；即使是引用往事，也終究要訴諸文辭，才能將意念傳達出去。就此而論，此等文辭的源頭，厥有三種：一是前人既有的文辭留傳於後的；二是前人之意念而後人所造的文辭；三是前人之故事而後人所表述的文辭。當然，這三者是可以分，而不是必須分。例如我們可以同時引用前人之故事及其所留傳之文辭；也可以只取其故事而不取其文辭。又例如我們可以取用前人之文辭，接受該文辭所表之意念；但也可以只取其意念而別鑄新辭。所以下面的論述，兵分三路，也只是為方便說明而已。

壹、引用前人之文辭

　　修辭學專書論「引用」，一向分「明引」、「暗引」兩式。「明

引」是指有註明引文出處者；「暗引」則否。舉個例說：

> 古之人有言：『狐死正首丘，仁也。』（禮記・檀弓）
>
> 不勝狐死首丘之情，營魂識路之懷。（後漢書・鄧寇傳）

《後漢書》「狐死首丘」之語，出自《禮記》；《禮記》「狐死正首丘」之語，則出自古人之言。但《禮記》有註明出處，《後漢書》則無。所以前者是「明引」之例，後者是「暗引」之例。

不過，從來作者引用前人之文辭者，並不盡然是一字不改、一字不變的。既有改變，即不能出以「明引」之方式，自然便統歸於「暗引」之方式。然而文字之改變，式樣繁多，不是「暗引」一名足以表明盡致的。所以下文歸納之成爲幾個型態，分別舉例說明，期能得一梗概。

一、抽換文字

《鏡花緣》十九回：

> 移著步兒，探著腰兒，挺著胸兒，直著頸兒，一步一趨，相離僅尺咫耳。

文中「一步一趨」，語出《莊子・田子方》：

> 顏回問於仲尼曰：『夫子步亦步，夫子趨亦趨，夫子馳亦馳，夫子奔逸絕塵，而回瞠若乎後矣。』

原文作「亦步亦趨」，後人抽換文字，始成「一步一趨」。又如王勃〈滕王閣序〉：

> 虹銷雨霽，彩徹區明。落霞與孤鶩齊飛，秋水共長天一
> 色。

後兩句本自庾信〈馬射賦〉：

> 落花與芝蓋齊飛，楊柳共春旗一色。

前後兩文對勘，文字抽換之跡顯然可見。一般修辭學專書有「仿擬」一格，原理與此略同。

二、移轉詞序

孔穎達〈春秋正義序〉：

> 方鑿圓枘，其可入乎？

文中「方鑿圓枘」一語，出自《史記·孟荀列傳》：

> 持方枘欲內圓鑿，其能入乎？

由「方枘圓鑿」到「方鑿圓枘」，移轉枘、鑿二字之次序。而「方枘圓鑿」一語，又出自《楚辭·九歌》：

> 圓鑿而方枘兮，吾固知其鉏鋙而難入。

由「圓鑿方枘」到「方枘圓鑿」，也是移轉詞序。

三、增減文字

《二刻拍案驚奇》卷二十：

商功夫賦性慷慨，將著賈家之物，作爲己財，一律揮霍。雖有兩個外甥，不是姐姐親生，亦且乳臭未乾，誰人來稽查得他？

文中「乳臭未乾」，語出《漢書·高帝紀》：

漢王以韓信爲左丞相，與曹參、灌嬰俱擊魏。食其還，漢王問：『魏大將誰也？』對曰：『柏直。』王曰：『是口尚乳臭，安能當吾韓信？』

原文只作「口尚乳臭」，沒有「未乾」二字。這是後人所增。再如《紅樓夢》九十三回：

寶玉一見那人，面如敷粉，唇若塗珠，鮮潤如出水芙蕖，飄揚似臨風玉樹。

文中「臨風玉樹」一語，出自杜甫〈飲中八仙歌〉：

宗之瀟洒美少年，皎如玉樹臨風前。

杜甫原文「玉樹臨風前」五個字，在《紅樓夢》中作「臨風玉樹」四個字。這是後人所減。

四、截取部分

張載〈西銘〉：

不愧屋漏爲無忝，存心養性爲匪懈。

文中「無忝」一詞，取自《詩經·小雅·小宛》：

> 夙興夜寐，無忝爾所生。

張載文雖只截取「無忝」二字，但所表示的，實是「無忝爾所生」全句之意。「匪懈」一詞，取自《詩經·大雅·烝民》：

> 夙夜匪懈，以事一人。

張載文雖是截取「匪懈」二字，所取實含「夙夜匪懈」全句之意。又如袁枚〈上尹制府乞病啓〉：

> 人雖草木，必不謝芳華於雨露之秋；水近樓臺，益當效涓滴於高深之世。

文中「水近樓臺」之語，見於俞文豹《清夜錄》：

> 范仲淹鎮錢塘，兵官皆獲薦書，獨蘇麟適外任巡檢，未得與，乃獻書曰：『近水樓臺先得月，向陽花木易爲春。』

原文作「近水樓臺先得月」，袁枚文截取前半句作「水近樓臺」；其實所含仍是全句之意。一般修辭學專書亦稱此法爲「藏詞」。

五、分解重組

沈起鳳《諧鐸·垂簾論曲》：

> 富貴纏綿則用黃鐘，感嘆悲戚則用南呂，一隅三反，諸可類推。

文中「一隅三反」之語，本自《論語·述而篇》：

> 不憤不啓，不悱不發；舉一隅，不以三隅反，則不復也。

原文「舉一隅，不以三隅反」二句八字，分解後，重組爲「一隅三反」一句四字。又如《水滸全傳》六十二回：

> 董超罵道：『你這財主們，閒常一毛不拔；今日天開眼，報應得快！』

文中「一毛不拔」之語，本自《孟子·盡心上》：

> 楊朱取爲我，拔一毛而利天下，不爲也。

前後兩文對勘，重新組合之跡顯然。

一般取前人之文辭而變化使用者，約略歸納，有上述五種型態。

貳、引用前人之意念

前人之意念，自有其用來表達之文辭。不過舊有文辭之形式，或不便使用，後人乃別造新辭以代替之。辭中意念當然是舊有的。例如陶潛〈歸去來辭〉：

> 悟已往之不諫，知來者之可追。實迷途其未遠，覺今是而昨非。

文中「今是昨非」一語是陶潛自鑄，但所表之意念則源自《莊子·

寓言篇》：

> 莊子謂惠子曰：『孔子行年六十而六十化。始時所是，卒
> 而非之；未知今之所謂是之非五十九非也。』

「今是昨非」不能說是《莊子》之語，但確實是《莊子》之意。
又如張載〈西銘〉：

> 富貴福澤，將厚吾之生也；貧賤憂戚，庸玉女於成也。

後兩句是張載自鑄之辭，但其意念當源於《孟子·告子下》：

> 天將降大任於是人也，必先苦其心志，勞其筋骨，餓其
> 體膚，空乏其身……所以動心忍性，增益其所不能。

前後兩文完全不同，但文中意念則如出一轍。

以上是取用前人意念而別造新辭之法。有些修辭學專書亦
稱此法爲「奪胎換骨」。

參、引用前人之故事

前人之故事，往往也是藉文辭以流傳；直接引用，則與前
面所論「引用前人之文辭」相當。至於記述故事之文辭，在形式
上或不便使用，於是別造新辭以替代──此又與前面所論「引用
前人之意念」相當。那麼本節所論之特點何在？原來一個意思的
表達，有時不是字面所能盡致的，須藉相關故事之支援，始能達
意。此即本節所論之特點所在，與前述諸法不同。下文分「舊事

舊語」、「舊事新語」兩種型態，舉例說明。

一、舊事舊語

趙鼎臣《竹隱畸士集·與趙伯山書》：

> 時可投劾勇去，頃刻不可留；雖子磬，亦自謂五日京兆
> 也。

文中「五日京兆」一語，出自《漢書·張敞傳》：

> 爲京兆九歲，坐與光祿勳楊惲厚善。後惲坐大逆誅，公
> 卿奏惲黨友不宜處位。等比皆免，而敞奏獨寢不下。敞
> 使捕掾絮舜有所案驗，舜以敞劾奏當免，不肯爲敞竟事，
> 私歸其家。人或諫舜，舜曰：『吾爲是公盡力多矣。今五
> 日京兆耳，安能復案事？』

趙鼎臣文用「五日京兆」四字，但所欲表之意，實非這四字所能
盡；讀者須知張敞故事，然後得解文意。再如陶潛〈歸去來辭〉：

> 僮僕歡迎，稚子候門。三徑就荒，松菊猶存。

文中「三徑」一詞所表之意，不是詞面兩個字所能盡。《三輔決
錄》云：

> 蔣詡，字元卿。舍中竹下開三徑，惟羊仲、永仲從之遊。
> 皆挫廉逃名不出。

讀此故事然後知：陶潛文中「三徑」乃指「隱者家園」之意。

二、舊事新語

洪棟園《後南柯·訪舊》：

> 淮南之禆將，刻舟求劍，按圖索驥，是求材必視乎門蔭，
> 用人必限以資格。千古銓政之壞，人才不興，大都由此。

文中「按圖索驥」，事見《漢書·梅福傳》：

> 今不循伯者之道，乃欲以三代選舉之法，取當時之士。
> 猶察伯樂之圖，求騏驥於市而不可得，亦已明矣。

「按圖索驥」非《漢書》舊語，乃後人依《漢書》故事所造。讀
者須先知故事，然後可解文意。再如《桃花扇》十一齣：

> 你的北來意費推敲。一封書信無名號，荒唐言語多虛冒。

文中「推敲」之意，事見《隋唐嘉話》：

> 賈島初赴舉京師。一日，于馬上得句云：『鳥宿池中樹，
> 僧敲月下門。』初欲作推，練之未定，不覺衝尹。時韓
> 吏部權京尹。左右擁至前，島具告所以。韓立良久，曰：
> 『作敲字佳矣。』

「推敲」二字本不成詞，是後人依上述故事所造者。此詞之所表，
端賴上述故事之支援，始能足意。

以上是「引用前人之故事」的兩種型態。另有一種型態是：
變造原有的故事而賦予新意的，例如史可法〈請進取疏〉：

> 若夫彼操鷸蚌之二矛，我睡漁人之一枕；失今不圖，後
> 將有不及圖者。

「鷸蚌相爭」的故事源自《戰國策·燕策二》：

> 蚌方出曝，而鷸啄其肉。蚌合而拑其喙。鷸曰：『今日不
> 雨，明日不雨，必有死蚌。』蚌亦謂鷸曰：『今日不出，
> 明日不出，必有死鷸。』兩者不肯相舍，漁人得而並禽
> 之。

原故事是「漁人得而並禽之」，在史可法文中，一變而爲「我睡
漁人之一枕」，乃使「漁人得利」之義，變爲「漁人失圖」之義。
此即變造舊事，賦予新意之例。再如錢大昕《恆言錄》載：

> 俗語云：『只許州官放火，不許百姓點燈。』偶閱《老學
> 庵筆記》云云，乃知俗語有自來也。

文中俗語源自陸游《老學庵筆記》卷五：

> 田登作郡，自諱其名，舉州皆謂燈爲火。上元放燈，吏
> 人遂書榜，揭於市曰：『本州依例放火三日。』

俗語中的「放火」與「點燈」，雖源自《老學庵筆記》，但所取已
非原義。這也是舊事新用之例。一般修辭學專書，或稱此爲「翻
典」。

舊典可以翻造，舊語也可以新用。例如《警世通言》卷二
十五：

> 當初桂富五受你家恩惠，不一而足。別的不算，只替他
> 償債一主就是三百兩。

文中「不一而足」，是說「同類事不只一次而已」。語出《公羊傳》
文公九年：

> 楚子使椒來聘。椒者何？楚大夫也。楚無大夫，此何以
> 書？始有大夫也。始有大夫則何以不氏？許夷狄者，不
> 一而足。

此中「不一而足」是說「事情不是一次即可滿足」。同樣的字句，
竟可以用成全然不同的意思。再看一例，《儒林外史》十回：

> 魯小姐卸了濃妝，換幾件雅淡衣服。蘧公孫舉眼細看，
> 真有沉魚落雁之容，閉月羞花之貌。

文中「沉魚落雁」一語，用來烘托「貌美」之意。語本《莊子·
齊物論》：

> 毛嬙、麗姬，人之所美也。魚見之深入，鳥見之高飛。

文中「魚見之深入，鳥見之高飛」兩句，原是用來烘托「貌醜」
之意。後人別造新詞作「沉魚落雁」，反用為「貌美」之意。像
這樣的用典方法，也有學者稱呼為「斷章取義」——惟此稱呼不
含褒貶之意。

傳統語言、文學，由於引用典故而豐富了內涵、增添了姿
彩。連帶地，閱讀與理解的難度也提高了。然而若為此而反對用

典，將難逃因噎廢食之譏。典故用法，變化多端；本篇略陳梗概，掛漏難免，但求千慮一得而已。

17.「曲言」是一綜合性辭格

從表達的技巧上說,「含蓄」與「曲折」是有別的。「含蓄」是不說盡,「曲折」是不直說。若從表達的效果上說,這兩者並無不同:都是不讓讀者在最短時間內取得訊息。因為當作者不直說時,讀者需自行調整;當作者不說盡時,讀者需自行揣度。就是這「調整」與「揣度」的手續,延宕了讀者讀取訊息的時間。此種表意技巧,在陳望道《修辭學發凡》中包括「婉曲」、「折繞」兩辭格;在陳介白《修辭學講話》中稱為「曲言」。「曲言」,意即「間接傳達」。說「間接傳達」,沒有錯;但是,說「間接讀取」,毋寧更為準確。

「曲言」是修辭技巧之名,其修辭效果叫做「委婉」。「委婉」的反面是「明快」——「明快」是直言的效果。同一個意思,要求不同的表達效果,就得選用不同的修辭技巧。因此希望有「委婉」的表達效果,就應選擇「曲言」,不用「直言」。

欲造就「委婉」的效果,修辭技巧之選用並非唯一途徑,因為作品內容之佈局也能辦到。舉個例說,李白〈怨情〉:

美人捲珠簾,深坐顰蛾眉;但見淚痕濕,不知心恨誰。

四句話,描就一幅情致悽婉的美女圖。有人說,如果末句改成「心恨某某人」,就情致盡失了。話雖不錯,但如此改寫,乃是改變

作品內容之佈局，不是改變修辭技巧之選擇。「心恨某某人」與「不知心恨誰」，意思是不一樣的。必須是同樣的意思，用不同的方式表達，才是修辭學的課題。這也舉一個例看，《論語·公冶長》：

> 孟武伯問：『子路仁乎？』子曰：『不知也。』又問，子曰：『由也，千乘之國，可使治其賦。不知其仁也。』

子路係孔門弟子，孔子以仁教學，人問「子路仁乎？」孔子怎能不知？讀者加一推敲，即能明白這個「不知也」，非真不知，乃是孔子選用的一種表達方式罷了。

李白的「不知心恨誰」，與孔子的「不知其仁也」，都有委婉的趣致，恰巧也都用了「不知」二字；但兩者實屬不同層面的課題：前者的「委婉」是由作品內容之佈局所造就，後者的「委婉」是由修辭技巧之選擇所造就。本篇論題「曲言」，所論的當然是後面這一類的問題。

一般修辭學專書，介紹此類辭格，名目有「婉曲」、「曲折」、「曲指」、「含蓄」……等不一而足。我以為，若論修辭效果，則「委婉」一義已足；若論修辭技巧，則「曲言」一名可以包舉。「曲言」當然是一種表意技巧，但「曲」字之義，主要不在作者的傳達方式，而在讀者的接收過程。讀者不能即時讀取作者所傳達的意念，需經「調整」、「揣度」的手續，方能會意，因此上文說「不能在最短時間內取得訊息」；而「委婉」的效果就在這「延遲收訊」的技巧下造就。

「曲言」是這類修辭技巧的總名，實際之運作方法，各修

辭學專書均有細目之分。例如《修辭學發凡》的「婉曲格」,下分二目;《修辭學講話》的「曲言法」,下分五目。各書分法,參差不齊。所分大致均可接受,惟不齊全。筆者以為「曲言」一向被視為諸辭格之一,而與諸辭格並列;其實諸辭格之中,兼具「曲言」功能者不在少數──它們實際便是「曲言」修辭法的成員。所以說「曲言」是一綜合性辭格──是多種辭格之總匯。這些辭格略計有「設問」、「遮撥」、「吞吐」、「節縮」、「析事」、「析字」、「烘托」、「反托」、「倒反」、「暗示」、「譬喻」、「寓言」、「雙關」、「用典」、「借代」等十五個。本論文依其個別性質之所近,先歸納作五大類 (「保留」、「抑制」、「緩衝」、「迂迴」、「替代」),以便提挈;後即逐一舉例說明,以證成本論文之見解。

壹、保　留

真正的答案未提示之前,可能的答案即有多個。因此,不逕提答案,便能保有多個可能。如此的表意技巧,就是「保留」法。「保留」之法細分也有兩式:「設問」與「遮撥」。

一、設　問

所謂「明知故問」,即是一種表意的方式。提問者非不知答案,只是保留答案,欲藉以延宕對方取得資訊的時間。舉個例說,《論語・陽貨》:

　　陽貨欲見孔子,孔子不見;歸孔子豚,孔子時其亡也而

> 往拜之。遇諸塗,謂孔子曰:『來!予與爾言。懷其寶而
> 迷其邦,可謂仁乎?』曰:『不可。』『好從事而亟失時,
> 可謂智乎?』曰:『不可。』『日月逝矣,歲不我與。』
> 孔子曰:『諾,吾將仕矣。』

陽貨對孔子提了兩個問題。他非不知而問,是明知故問。所以是
一種表意方式的選擇。假設他換個方式說:

> 懷其寶而迷其邦,不可謂仁!好從事而亟失時,不可謂
> 智!

這便是直接訓示,不給人思索的餘地;而委婉的情致也半點不剩
了。再看一例,柳永〈八聲甘州〉:

> 不忍登高臨遠,望故鄉渺邈,歸思難收。歎年來蹤跡,
> 何事苦淹留?

人生經歷,個人自知;但也許複雜難表。作者以不表爲表,說「歎
年來蹤跡,何事苦淹留?」用問號作收,留給讀者揣想之空間。

二、遮撥

「設問」之法是:只提問,不作答;「遮撥」之法雖不提問,
但也不作答——它只是消極地說「不是什麼」,並不積極地說「是
什麼」。從「不是」到「是」之間還有一段距離,便付諸保留。
例如李清照〈鳳凰臺上憶吹簫〉:

> 生怕離懷別苦,多少事,欲說還休。新來瘦,非干病酒,

不是悲秋。

連續兩個否定：既非病酒，亦非悲秋。除去這兩個可能之外，還有多少可能？就留給讀者去揣度了。再如陸游〈楚城詩〉：

> 江上荒城猿鳥悲，隔江便是屈原祠；一千五百年間事，只有灘聲似舊時。

似舊時的只有「灘聲」，那麼不似舊時的有什麼？沒說！總之不是「灘聲」，因為「灘聲」已被除外。所以答案是付諸保留了。

貳、抑　制

如果「保留」等於「沒說」，那麼「抑制」就等於「說一半」──說是說了，但不是自然而完全地說。這種不是自然而完全的表達方法，也有二式：「吞吐」與「節縮」。

一、吞　吐

吞吞吐吐，表面上是說完了，實際意思多被壓抑而縮藏在僅有的幾個詞句之內。例如杜牧〈將赴吳興登樂遊原一絕〉：

> 清時有味是無能，閑愛孤雲靜愛僧。欲把一麾江海去，樂遊原上望昭陵。

題目是「登樂遊原」。登高臨遠，目之所及，無不可望；何以作者單說「望昭陵」？此中意涵，藏而不露。原來「昭陵」是太宗

陵寢；太宗是初唐盛世賢君，作者是晚唐衰世詩人。讀者由此推敲，約可窺見作者「望昭陵」之心思。再看一例，辛棄疾〈水龍吟〉：

> 落日樓頭，斷鴻聲裏，江南遊子。把吳鉤看了，闌干拍遍，無人會，登臨意。

這是「登建康賞心亭」之作。落日樓頭，斷鴻聲裏，江南遊子的心思，未曾表露。「把吳鉤看了，闌干拍遍」兩句，就是他心思的藏身所在。

二、節　縮

表意行為受到抑制時，一種結果是壓縮語言，表而不明；一種結果是節縮語言，表而不全——即詞句不完全、上下文意不連續。例如王勃〈送杜少府之任蜀州〉：

> 城闕輔三秦，風煙望五津。與君離別意，同是宦遊人。海內存知己，天涯若比鄰。無為在歧路，兒女共霑巾。

全篇四聯，八個句子。體裁雖全，其實第二聯之上下句，文意中斷：「與君離別意」一句，文法不全、文意未了，呈現「語帶哽咽」之狀；下句「同是宦遊人」並不是它的續文，而是岔開的另一話題。若依現代標點法，這上下句間應作刪節號。再舉一例，《世說新語·言語》：

> 孔文舉年十歲隨父到洛。時李元禮有盛名，為司隸校尉。

詣門者皆俊才清稱及中表親戚乃通。文舉至門，謂吏曰：
『我是李府君親。』既通，前坐。元禮問曰：『君與僕有
何親？』對曰：『昔先君仲尼與君先人伯陽有師資之尊，
是僕與君奕世為通好也。』元禮及賓客莫不奇之。太中
大夫陳韙後至，人以其語語之。韙曰：『小時了了，大未
必佳。』文舉曰：『想君小時必當了了……』韙大踧踖。

前面陳韙說「小時了了，大未必佳。」後面孔文舉接著只說「小
時了了」，當然還差一句，沒說完全；但已使人踧踖不已了。這
叫「話到口邊留半句」吧！

參、緩 衝

　　同樣一句話，大聲講，小聲講，快講，慢講，效果有別吧！
「緩衝」之理，就是放慢說話的節奏，將一個意思，用較冗長的
步驟來表達，藉以延緩對方的反應，營造委婉的表達效果。下面
也分兩種方式：「析事」與「析字」。

一、析 事

　　「析事」就是解析事理。一句話如果透過解析、說明的步
驟來傳達，就會予人慢條斯理的感覺。平常，「解析事理」自有
其實用的場合；但此處使用「解析事理」，只當做一種表達技巧
的選擇，有調節場面氣氛之功能。舉個例說，《左傳·僖公三十
三年》：

> ……使皇武子辭焉，曰：『吾子淹久於敝邑，唯是脯資餼
> 牽竭矣。爲吾子之將行也，鄭之有原圃，猶秦之有具囿；
> 吾子取其麋鹿，以閑敝邑，若何？』杞子奔齊。

僖公三十年時，秦使大夫「杞子」戍鄭。三十二年，杞子自鄭使
人告於秦，謂潛師來襲，鄭國可得。不久，事發，鄭穆公派皇武
子逐客。上面一段文字就是皇武子的逐客辭——長篇的解析、說
明，減緩了主客雙方的緊張與尷尬。那些說辭對杞子並無實質之
意義。所以皇武子才轉身，杞子就逃到齊國去了。再舉一例，《國
語·越語》：

> 夫差行成，曰：『寡人之師徒不足以辱君矣！請以金玉子
> 女賂君之辱。』勾踐對曰：『昔天以越予吳，而吳不受；
> 今天以吳予越，越可以無聽天之命而聽君之令乎？……』

當年勾踐敗陣，夫差留他一條生路；如今夫差戰敗，渴望勾踐還
他人情。無奈勾踐不願意；但怎麼表示才好呢？上面一串話，勾
踐假借上天旨意，說了半天，目的只是要讓自己的決定顯得自然
而不惡鄙。雖是強詞奪理，也不無緩和情面之功效。

二、析 字

《說文解字》敘云：

> 倉頡之初作書，蓋依類象形，故謂之文；其後形聲相益，
> 即謂之字。

因爲文可以組合成字，所以字就可以解析成文。一個字不直接寫，
分析成幾個文來寫；讀者必須將文再組成字，然後能理解。似此
延後理解之技巧，「析字」與「析事」有異曲同工之妙。舉個例
看，吳文英〈唐多令〉：

> 何處合成愁，離人心上秋，縱芭蕉、不雨也颼颼。

第二句，點出了本篇題旨——離人秋思。「離人秋思」不外一個
「愁」字。「愁」字是「秋在心上」，所以說「心上秋」。再看一
例，《世說新語·捷悟》：

> 魏武嘗過曹娥碑下，楊修從。碑背上見題作『黃絹、幼
> 婦、外孫、虀臼』八字。魏武謂修曰：『解不？』答曰：
> 『解。』魏武曰：『卿未可言，待我思之。』行三十里，
> 魏武乃曰：『吾已得。』令修別記所知。修曰：『黃絹，
> 色絲也，於字爲絕；幼婦，少女也，於字爲妙；外孫，
> 女子也，於字爲好；虀臼，受辛也，於字爲辭；所謂絕
> 妙好辭也。』

文中「色絲也，於字爲絕」、「少女也，於字爲妙」、「女子也，於
字爲好」、「受辛也，於字爲辭」——先解析，再組合，不過是「絕
妙好辭」四字而已。這不只延緩理解的時間，實已成爲廋詞、隱
語（謎語）了。

肆、迂　迴

　　說話不從正面，從側面；不從裡面，從外面；不從近處，從遠處……便是「迂迴」。讀者必須加以推敲，方能解意。下面幾種技巧，都屬於這個道理。

一、烘　托

　　烘雲托月：表達的主旨在月，表達的工夫在雲。藉雲見月，即「烘托」之法。例如古詩〈陌上桑〉：

> 秦氏有好女，自名爲羅敷。羅敷善蠶桑，採桑城南隅……
> 行者見羅敷，下擔捋髭鬚；少年見羅敷，脫帽著帩頭；
> 耕者忘其犁，鋤者忘其鋤；來歸相怨怒，但坐觀羅敷。

作品主旨在寫「羅敷之美」，但文中「行者……」、「少年……」、「耕者……」、「鋤者……」諸句寫的都是「羅敷」之外的人。原來作者是要藉這些人的行爲來托現「羅敷之美」。讀者只要加以玩索，就能領會作品之意。再看一例，白居易〈長恨歌〉：

> 春風桃李花開日，秋雨梧桐葉落時。西宮南内多秋草，
> 落葉滿階紅不掃。梨園子弟白髮新，椒房阿監青娥老。

玄宗幸蜀返京後的心境，是這一段文字的主旨。文中無一字及玄宗，只寫宮苑寂寥、草木零落……等周邊的事物，欲藉此映襯主人翁的心境。讀者稍事玩味，即能領會。

二、反　托

「反托」與「烘托」都屬「映襯」之法，不同處在：「烘托」
從側面映現，「反托」從反面映現。總之都不從正面直接表達。
例如杜牧〈詠綠珠〉：

> 人生一死談何易，看得分明是丈夫。猶記息姬歸楚日，
> 下樓還要侍兒扶。

題目是「詠綠珠」，詩中寫的是「息姬」。息姬歸楚而生，綠珠墜
樓而亡，事正相反。作者從反面來表現主題，就是「反托」。再
如蘇軾〈赤壁賦〉：

> 方其破荊州、下江陵、順流而東也，舳艫千里，旌旗蔽
> 空；釃酒臨江，橫槊賦詩；固一世之雄也！而今安在哉？

全文極寫曹操軍容壯盛，不可一世。實際主旨乃在反面——「而
今安在哉？」——最後一句。正面的工夫愈多，反面的效果愈彰；
但總歸是一種「曲言」技巧。

三、倒　反

「倒反」是指所說的話與事實相反之技巧。但文中必有線索可循，
讀者才不致誤解作者之實意。循線索意，自然延緩領會的時間。
舉個例看，《左傳·僖公三十年》：

> 晉侯秦伯圍鄭，以其無禮於晉，且貳於楚也。晉軍函陵，
> 秦軍氾南。佚之狐言於鄭伯曰：『國危矣！若使燭之武見

> 秦軍，師必退。』公從之。辭曰：『臣之壯也，猶不如人；
> 今老矣，無能爲也已。』

燭之武早年未受朝廷重用，並非個人能力不足。所以「臣之壯也，猶不如人」是反話，意在表達心中不滿而已，聽者不難解意。再舉一例，《史記·滑稽列傳》：

> 秦始皇時，置酒而天雨，陛楯者皆沾寒。優旃見而哀之……。居有頃，殿上上壽呼萬歲。優旃大呼曰：『陛楯郎！』郎曰：『諾！』優旃曰：『汝雖長，何益？幸雨立！我雖短也，幸休居。』於是始皇使陛楯者得半相代。

這是「指桑說槐」的技巧。表面譏諷陛楯郎，實際批評秦皇帝。陛楯郎應受憐憫，反受譏諷，所以是一種「倒反」之表達技巧。

四、暗　示

「暗示」之法似無規律可循，因此被暗示者不免訴諸猜想以求解答。例如《論語·陽貨》：

> 孺悲欲見孔子，孔子辭以疾。將命者出戶，取瑟而歌，使之聞之。

「孔子辭以疾」；但因不是實情，又怕對方信以爲眞，乃又「取瑟而歌，使之聞之。」這就構成一種表意的方式——不是明表，而是暗示。至於暗示什麼？朱註說：

> 孺悲，魯人，嘗學士喪禮於孔子。當是時必有以得罪者，

> 故辭以疾；而又使知其非疾，以警教之也。

這是朱子的猜解，可能也是孺悲的猜解。再看一例，《戰國策·燕策》：

> 久之，荊卿未有行意。秦將王翦破趙，虜趙王遷，盡收其地，進兵北略地，至燕南界。太子丹恐懼，乃請荊卿曰：『秦兵旦暮渡易水，則雖欲長侍足下，豈可得哉？』

秦兵一旦渡易水，燕就要亡國。但太子丹不忍說這話，便改說「雖欲長侍足下，豈可得哉？」──這話本身沒有實質意義，只是用來暗示「亡國」而已。

伍、替　代

甲言表甲意，乙言表乙意，這是常理。如果甲言也能表乙意時，我們選用甲言（表乙意）而不用乙言，那就是「替代」的表達方法。修辭學中有許多辭格都可歸在「替代」這個總目之下。

一、譬　喻

以甲喻乙，就是用甲言表乙意。表乙意，不用乙言而用甲言，就是「替代」之法。例如《論語·陽貨》：

> 子之武城，聞絃歌之聲。夫子莞爾而笑曰：『割雞焉用牛刀？』

文中「割雞焉用牛刀」一語所表之意，無關雞與牛，而是說「治小邑何必用此大道？」（朱註）。再舉一例，曹臣《舌華錄》：

> 勢在則群蟻聚羶，勢去則飽鷹颺漢；悠悠濁世，今古皆然。

文中「群蟻聚羶」、「飽鷹颺漢」，所表均非文字本意，而是借喻「官場炎涼」。讀者循線索意，不難理會。

二、寓　言

「寓言」的原理與「譬喻」相當，不過它是規模較完備之「虛構體」罷了。例如《楚辭·宋玉對楚王問》：

> 客有歌於郢中者，其始曰下里巴人，國中屬而和者數千人；其爲陽阿薤露，國中屬而和者數百人；其爲陽春白雪，國中屬而和者不過數十人；引商刻羽，雜以流徵，國中屬而和者不過數人而已。是其曲彌高，其和彌寡。

宋玉以歌爲喻，所寓之旨趣見於文末自白：

> 夫聖人瑰意琦行，超然獨處。世俗之民，又安知臣之所爲哉？

三、雙　關

所謂「一語雙關」是說：文字上有一層意思，文字外還有一層意思。而實際上使用「雙關」時，主要旨意都不在文字上，

而在文字外。所謂「言外之意」是也。這樣的文字本身便只有媒介、替代之用處。舉個例說，《漢書・蒯通傳》：

> 蒯通知天下權在信，欲說信，令背漢，乃先微感信曰：『僕嘗受相人之術。相君之面，不過封侯，又危而不安；相君之背，貴而不可言。』

文中「背」字可有二解：在文字上是「身體背部」之意，在文字外是「背叛」之意。蒯通的實意在後者，前者只作一個媒介而已。再舉一例，劉長卿〈聽彈琴〉：

> 泠泠七弦上，靜聽松風寒。古調雖自愛，今人多不彈。

詩寫「古調自愛」，是一層意思；弦外之音可以另有一層意思，比如說「孤芳自賞」等。所以這是「雙關」之法。

四、用　典

用典之目的雖有多種，但所表達的都屬於替代性的意思，所以它也是「曲言」之一法。例如李煜〈破陣子〉：

> 四十年來家國，三千里地山河。鳳閣龍樓連霄漢，玉樹瓊枝作煙蘿，幾曾識干戈？一旦歸為臣虜，沈腰潘鬢銷磨。

沈約因病而腰減，潘岳因愁而鬢白，二人並為前代作家；李煜引以自況，間接表意。再如李白〈清平調〉：

> 一枝穠豔露凝香，雲雨巫山枉斷腸。借問漢宮誰得似，
> 可憐飛燕倚新妝。

「雲雨巫山」之意不在文字表面。宋玉〈高唐賦〉：

> 昔者先王嘗遊高唐，怠而晝寢，夢見一婦人曰：『妾，巫
> 山之女也，為高唐之客。聞君遊高唐，願薦枕席。』王
> 因幸之。去而辭曰：『妾在巫山之陽，高丘之岨；旦為朝
> 雲，暮為行雨；朝朝暮暮，陽臺之下。』

《文選注》云：

> 朝雲、行雨，神女之美也。

「雲雨巫山」自此引申而指男女歡合之事。如此輾轉取意，意在
文外，所以是一種「替代」。

五、借 代

「借代」也是一種辭格之名，常用在名稱之替代上。若取
較廣的意義，一般「諱飾」之法亦可納入其中。下舉數例，均屬
「借代」之法。中間雖有異同，但都符合「曲言」之旨趣。

（一）《左傳·僖公二十三年》：

> 公子將適齊，謂季隗曰：『待我二十五年，不來而後嫁。』
> 對曰：『我二十五年矣，又如是而嫁，則就木焉。』

「就木」是「人死入棺」之代稱。世人諱稱死，所以代稱之法不

少，此是其一。

（二）《左傳・僖公三十三年》：

> ……及滑，鄭商人弦高將市於周，遇之。以乘韋先牛十
> 二犒師，曰：『寡君聞吾子將步師出於敝邑，敢犒從者。』

秦兵襲鄭，弦高犒師。「步師出於敝邑」是一種外交辭令，實意
是「侵略敝國」。不說「侵略」，而稱「步師」，可以緩和緊張局
面；但並不妨礙實意的傳達。

（三）《孟子・公孫丑下》：

> 王使人問疾，醫來。孟仲子對曰：『昔者有王命，有采薪
> 之憂，不能造朝。今病小愈，趨造於朝；我不識能至否
> 乎？』

「采薪」就是采樵負薪，是一種勞役。朱註云：

> 采薪之憂，言病不能采薪。謙辭也。

不能采薪，即謂不能任事，所以不能到朝。《禮記・曲禮》疏云：

> 若直云疾，則似傲慢。

所以「采薪之憂」成為「有病在身」之代稱。

（四）蔣士銓〈鳴機夜課圖記〉：

> 母愀然曰：『嗚呼！自為蔣氏婦，常以不及奉舅姑盤匜為
> 恨。』

「奉盤匜」是「事奉舅姑」之代稱。事奉舅姑，瑣事萬端。說「奉盤匜」，是舉一端以代其餘。讀者稍加推想，即可會意。

　　生活當中，種種理由使人有話不能不說，但又不能直說，於是發展出種種的「曲言」技巧。上文蒐羅此等技巧，計有十五目，分屬五大類，個別冠上專名以提挈之。蒐羅不敢言盡，多聞之士，幸有以教焉。

18.「警策」是一綜合性辭格

　　嚴格說來,「警策」是修辭效果之名,不是修辭技巧之名。「警策」之效果,實際有多種修辭技巧能夠辦到——雖然那些技巧並不以造就「警策效果」為唯一目的。

　　「策」是馬鞭,引申之有「鞭策」之義;「警」是警覺,引申之有「提振」之義。所以「警策」在名稱上就是「施以鞭策、提振精神」的意思。所以曹植〈應詔詩〉說:

　　僕夫警策,平路是由。

至於用在文學批評上,它便是指文字作品中「辭義精要」的部分而言。因為這部分,修辭精彩、文字切要,成為一篇之中精神煥發、動人心魄之所在。篇中之警策,總是在短短幾個詞句之間表現完成,因為「短捷」是文字精切的必要條件;一旦冗長,即生相反效果。陸機〈文賦〉說:

　　立片言而居要,乃一篇之警策。

陳望道《修辭學發凡》據之作成「警策」的定義說:

　　語簡言奇而含意精切動人的,名為警策辭,也稱為警句,
　　以能像蜜蜂,形體短小而有刺有蜜,為最美妙。文中有

　　了它，往往氣勢爲之一振。

　他所謂「語簡言奇」、「形體短小」，是就文字外觀而言；他所謂「有刺有蜜」、「氣勢爲之一振」，乃就文字效果而發。那蜜蜂的刺，猶如馬施鞭策，有瞬間提振精神之作用。總而言之，陳氏之意，「警策」修辭之要件有二：一是文字形式要簡短，二是文字內容要精切。這兩個條件，顯然就是陸機「片言」、「居要」兩個概念的旨意。針對此意，我們願進一步解析如下：

　　一般文字，縱使採用了某種特殊的形式，假設它沒有精要的內容，終究是不能振人心魄的。反過來說，即使文中有精要的內容，但表達的方式拖沓嚲緩，也一樣不能醒人耳目。修辭學是作品形式之學，不是作品內容之學。所以「警策」辭格畢竟是以「文字形式」爲講究之對象。但仍須以一種「文字內容」（精要的文字內容）爲其前提；否則光有特殊的形式，終不能成就「警策」的效果。

　　所謂「精要的文字內容」，一般即指精彩的理念或情意。一篇文章的理念或情意在發展過程中，作者把握住精彩的時刻，選用特殊的形式以表現之，就可能造就一篇之警策。此所謂「特殊的表現形式」，有多少種類？各具什麼特色？如何運用？就是本論文的研究課題。

　　有一種語文形式稱爲「格言」的，他與「警策」相彷彿，但有區別。所謂「格言」，就是指「可以成爲做人之法則的言語」。這種言語，其重心在內容，不在形式；只要具有「可以指導人生」的文字內容，便算是。至於其文字形式是否特殊？有無動人效果？

就不是要點所在。這是一個相異處。此外,「格言」既是以「指
導人生」為目的,所以其內容便侷限於「教育」、「修養」方面,
不作逾越。這是另一相異處。我們的意思是說:「格言」不即是
警策辭;但不是說:「格言」必非警策辭。兩者同時成立的機會
其實很大;只因要件不同,所以也有「是此非彼」的時候,當分
別看待。下文試從幾個方面探索「警策」的修辭形式。

壹、用　詞

合詞成句,合句成章。所以「詞」是文字作品的最小單位。
它的運作,便有影響作品效果之能力。其運作方法約有兩式,一
是「重複用詞」,二是「變用詞義」。分別說明於下:

一、重複用詞

刻意重複用詞者,總是為強調所表之意念、引起特別的注
意。舉個例說:

> 古人無復洛城東,今人還對落花風;年年歲歲花相似,
> 歲歲年年人不同!(劉希夷·代白頭吟)

「景物依舊,人事已非」的慨嘆,是千古一樣的。「年年歲歲」、
「歲歲年年」──作者刻意安排的疊字、複辭,造就了一篇之警
策。再如:

> 抽刀斷水水更流,舉杯消愁愁更愁;人生在世不稱意,

　　　明朝散髮弄扁舟。(李白·宣州謝朓樓餞別)

首聯重複了「水」、「愁」二字。無盡的愁,以東流的水為喻,最
為貼切;而刻意重複關鍵字眼,意思便更鮮明。如此重複文字的
技巧,在修辭學中稱為「複疊」。另有一種重複文字的技巧,叫
做「頂真」——標準的「頂真」就是:用上句之尾,開下句之首,
因而成為首尾相銜之勢。例如:

　　　蓋聞名主圖危以制變,忠臣慮亂以立權。是以有非常之
　　　人,然後有非常之事;有非常之事,然後有非常之功。(陳
　　　孔璋·為袁紹檄豫州)

「非常之事」一詞既為上句之尾,復為下句之首,如此相銜而出,
遂有一種特別姿態,乃使文中本有之要旨益見彰顯。
　　「頂真」之法原不限於「上句之尾」與「下句之首」緊密
相接;只要上下句間文字有適當的重疊,即見「頂真」之效果。
例如歐陽修〈醉翁亭記〉中幾個段落:

　　　太守與客來飲於此,飲少輒醉,而年又最高,故自號曰
　　　醉翁也。醉翁之意不在酒,在乎山水之間也。山水之樂,
　　　得之心而寓之酒也。
　　　臨溪而漁,溪深而魚肥;釀泉為酒,泉香而酒洌。
　　　禽鳥知山林之樂,而不知人之樂;人知從太守遊而樂,
　　　而不知太守之樂其樂也。

以上三段文字並不恰好是「上句之尾——即下句之首」的型態,

但「頂眞」之義仍得以成立。第一段衘疊之處在「醉翁」、在「山水」；第二段在「溪」、在「泉」；第三段在「人」、在「樂」。形式雖非嚴整，但神彩具在。

二、變用詞義

詞義總是有變有常。常義無奇，變義才見特色。例如：

> 漢王授我上將軍印，予我數萬眾；解衣衣我，推食食我；言聽計用，故吾得以至於此。（史記·淮陰侯列傳）

文中警策在「解衣衣我，推食食我」二句。兩個「衣」字，一作名詞，一作動詞；兩個「食」字亦然。名詞爲常，動詞爲變。一常一變，精神相映而出。再如：

> 其所謂道，道其所道，非吾所謂道也；其所謂德，德其所德，非吾所謂德也。（韓愈·原道）

文中兩個「道」字、兩個「德」字，均變化用法——舊義仍存，新義又生——新舊詞義總和的結果，便有一字千鈞之氣勢。詞性變化之法，在修辭學中稱爲「轉品」。

詞義之變化不限於「詞性變化」一途。例如：

> 聞說雙溪春尚好，也擬泛輕舟，只恐雙溪舴艋舟，載不動許多愁。（李清照·武陵春）

多少深愁濃情，不堪負荷，甚至說「只恐雙溪舴艋舟，載不動許多愁」，因而成就一篇之警策——這「載不動」三字，用意異乎

常格。此種詞義變化之法，在修辭學中稱為「轉化」。再看一例：

> 落絮無聲春墮淚，行雲有影月含羞。（吳文英・浣溪沙）

「墮淚」與「含羞」本是平常詞語；但將「落絮」寫成「春墮淚」，「雲影」寫成「月含羞」，於是平常詞語呈現了異樣色彩。這也是「轉化」之法。

另有一種帶有辯證色彩的哲學語言，將一個詞義從正面說成反面的，也能聳動視聽。例如：

> 知之為知之，不知為不知，是知也。（論語・為政篇）

既然「不知為不知」，又怎會「是知也」？原來這話的意思是說「能知其所不知，也是一種知」。道理當然精闢，但字面上的反覆，更顯現一種特別的型態，因而成為警句。類似的語言在老子《道德經》中，可說俯拾即是。例如：

> 上德不德，是以有德；下德不失德，是以無德。（老子・三十八章）

將「不德」與「有德」劃上等號；將「不失德」與「無德」劃上等號。矛盾的言語，乍見之際，總是令人錯愕的。再如：

> 馬者所以命形也，白者所以命色也。命色者，非命形也。
> 故曰：白馬非馬。（公孫龍・白馬論）

這是屬於概念分析的言語，在邏輯學上當然有它的考量；但乍見結論「白馬非馬」，也總是令人愕然的。

貳、用 句

句法的講究，可以表現在「文法結構」與「音律結構」兩方面。這任一方面的特別表現，都可能造就警策辭。

一、文法結構

文法中有所謂「倒裝句法」，通常總是為表現一種特殊效果而使用的。例如：

> 宋及楚平，華元為質。盟曰：我無爾虞，爾無我詐。（左傳・宣公十五年）

按一般文法常規，動詞應置於受詞之前。如文末二句，本應作「我無虞爾，爾無詐我」。倒裝之後，動詞後置，呈現一種「斷然」的氣勢，警策之效於焉形成。再如：

> 策之不以其道，食之不能盡其材，鳴之不能通其意，執策而臨之曰：『天下無馬！』嗚呼！其真無馬邪？其真不知馬也。（韓愈・雜說四）

前三句順寫當作「不以其道策之」、「不能盡其材食之」、「不能通其意鳴之」。動詞「策」、「食」、「鳴」都在句子中間，顯得疲弱無力；調整次序之後，動詞前置，精神陡現。雖然此例之倒裝法與前例不盡相同，然而有異曲同工之妙。

一個單句或許平凡無奇，將之作一邏輯變化，使與原句配成雙句——前後句意雖同，但不見重複句型，只覺一種對立性的

趣味。這也是一種句型的變化。例如：

> 信言不美，美言不信。知者不博，博者不知。(老子·八十
> 一章)

在邏輯學上，這些都是條件關係的句子。「信言不美」與「美言
不信」意涵是相等的，「知者不博」與「博者不知」意涵也是相
等的；但句法兩兩相對而立，饒富趣味。再如：

> 勞心者治人，勞力者治於人。治於人者食人，治人者食
> 於人。(孟子·滕文公上)

若從文法上說，這是主動句法與被動句法的互變，因此主詞與受
詞互易其位。「勞心者治人」涵蘊（imply）「勞力者治於人」；「治
於人者食人」涵蘊「治人者食於人」。所以這兩組文字實際也是
一種邏輯關係的運作。

二、音律結構

　　這「音律結構」是指文字作品裡有關「節奏」與「協韻」
兩方面的表現。一個字一個音節；所以一個詞句有幾個字，就有
幾個音節。音節多寡、詞句長短，可以表現出不同的節奏。例如：

> 齊景公問政於孔子，孔子對曰：君君、臣臣、父父、子
> 子。(論語·顏淵篇)

孔子的正名思想，在上文中，用四個句子表出。四個句子共八字，
每句兩字。簡潔有力，乃成警句。再如：

> 然則如之何而可也？曰：不塞不流。不止不行。人其人，
> 火其書，盧其居，明先王之道以道之……（韓愈·原道）

這是〈原道〉一篇的結語。中間數句，短捷勁健，節奏緊湊，充
滿莊嚴與自信之氣質。

此外，類似的句型（兩句或數句）聯袂而出，也能造就一種
節奏。這在修辭學中，是指「對偶」、「排比」等辭格。例如：

> 信曰：此在兵法，顧諸君不察耳。兵法不曰『陷之死地
> 而後生，置之亡地而後存』？（史記·淮陰侯列傳）

末兩句成對偶形式，實際句意是重複的。假設只作一句，意思雖
然完具，但讀來就不能頓挫有致了。這是「對偶」句法的使用。
再如：

> 臣聞地廣者粟多，國大者人眾，兵強者士勇。是以泰山
> 不讓土壤，故能成其大；河海不擇細流，故能就其深；
> 王者不卻眾庶，故能明其德。（李斯·諫逐客書）

這是「排比」句法：前三句一排比，後三句一排比。細按文旨，
也只有一個；之所以要三句並排者，純爲造就聲勢而已。

「排比」與「對偶」之形式雖有區別，但從營造「警策」
之目的上說，並無差異。排、偶修辭雖有助於「警策」之造就，
但並非充足條件。所以駢體文雖全篇用偶，並不必然全篇是警策
之作。

除了音節的綴輯之外，韻腳的調配也能添增文字之姿色。

例如：

> 君子之道，或出或處，或默或語。二人同心，其利斷金；
> 同心之言，其臭如蘭。（易經·繫辭上）

後四個散句，句法平凡無奇；但兩兩協韻，便添增不少姿色。再
如：

> 雲山蒼蒼，江水泱泱；先生之風，山高水長。（范仲淹·嚴
> 先生祠堂記）

這四個句子，在文字上已有鍛鍊，加上韻腳的使用，乃倍增精神。
韻腳之使用雖有助於「警策」之造就，但並非充足條件。所以詩、
詞等作品雖全篇用韻，也不必然全篇是警策之作。

參、用　氣

這「氣」是指「語氣」、「氣派」等。擴張氣派，可以造就
文章的勢力；調整語氣，也能提昇文字的感染力。

一、擴張氣派

修辭學中的「誇飾」、「鋪張」等法，即是一種「擴張氣派」
的講話技巧。例如：

> 北方有佳人，絕世而獨立；一顧傾人城，再顧傾人國。
> 寧不知傾城與傾國，佳人難再得。（李延年·佳人歌）

描寫佳人，誇飾其影響力，說足以「傾城」、「傾國」。傳統賦體作品也常用如此技巧。再如：

> 澤國江山入戰圖，生民何計樂樵蘇？憑君莫話封侯事，
> 一將功成萬骨枯。（曹松·己亥歲感事）

「榮耀」的背後是辛酸與災難。如此痛入心腑的事實，當如何表出才能警醒世俗？「一將功成萬骨枯」既是一個誇飾，也是一個警句。

作用與誇飾法相類的，有一種是邏輯學中「概括命題」的運用。人們聽講的心理習慣是：忽視過程而注意結論。而結論的表出，經常出以「概括命題」的方式。所以適時運用概括命題，有助於警策效果之造就。例如：

> 轉朱閣，低綺戶，照無眠；不應有恨，何事長向別時圓？
> 月有陰晴圓缺，人有旦夕禍福，此事古難全；但願人長
> 久，千里共嬋娟。（蘇軾·水調歌頭）

「此事古難全」——既然亙古無例外，於是便有個使用概括命題的機會。文中警策所在：「月有陰晴圓缺，人有旦夕禍福」，就是一個概括命題——凡月皆然，凡人皆然——將天地人生，一口氣包舉了，氣勢當然壯闊。再如：

> 辛苦遭逢起一經，干戈寥落四周星；山河破碎風拋絮，
> 身世飄搖雨打萍。皇恐灘頭說皇恐，零丁洋裡歎零丁；
> 人生自古誰無死？留取丹心照汗青。（文天祥·過零丁洋）

末聯用了一個概括命題——「人生自古誰無死？留取丹心照汗青。」——表達了個人生命的終極歸宿，氣象萬千。

二、調整語氣

文法中講語氣，有「疑問語氣」、「感嘆語氣」等。語氣所表現的是人的情緒。一句話能適度地表現語氣，就能增加感性的效果。例如：

> 夫婿輕薄兒，新人美如玉。合婚當知時，鴛鴦不獨宿；
> 但見新人笑，哪聞舊人哭？（杜甫·佳人）

末聯二句是作品要義所在：一作直述，一作疑問。刻意變化語氣，增添了文字情趣，便成警句。

另有一種型態，稱爲「假設問答」的，就是在文前先設一問題，然後據題答述。例如：

> 多情自古傷離別，更哪堪冷落清秋節？今宵酒醒何處？
> 楊柳岸，曉風殘月。（柳永·雨霖鈴）

「楊柳岸，曉風殘月」——絕美的月景，在道出之前，先設問：「今宵酒醒何處？」——這給讀者一個時間作心理準備，準備迎接下面的警句。相同方式的例子如：

> 不以物喜，不以己悲；居廟堂之高則憂其民，處江湖之遠則憂其君。然則何時而樂耶？其必曰：先天下之憂而憂，後天下之樂而樂。（范仲淹·岳陽樓記）

「先憂後樂」，何等氣象！作者也在文前先設問：「然則何時而樂耶？」——為自己準備一個環境來安置警句。

至於使用「感嘆語氣」的例子如：

> 鳳兮鳳兮，何德之衰！往者不可諫，來者猶可追。已而已而，今之從政者殆而！（論語·微子篇）

「往者不可諫，來者猶可追」——一種人生態度的提出，文中反覆長嘆，使這兩個主句飽含感性，因而動人。再如：

> 君不見黃河之水天上來，奔流到海不復回！君不見高堂明鏡悲白髮，朝如青絲暮成雪！（李白·將進酒）

既嘆逝者如斯，亦嘆生命之匆遽。「君不見」一詞表現了深長的慨嘆。一嘆而成千古名句。

肆、用　材

利用相關的題材來協助主體意念的表出，一種方式是「替代表出」，一種方式是「相對表出」。兩者都能使表達效果更加亮眼。

一、替代表出

不同的題材，可表達相同的旨意。借彼代此而表出，可能比直接表出更有精神。例如：

> 王曰：『國有大城何如？』對曰：『鄭京櫟實殺曼伯、宋
> 蕭亳實殺子游……若由是觀之，則害於國。末大必折，
> 尾大不掉，君所知也。』（左傳·昭公十一年）

「末大必折」、「尾大不掉」是兩個巧妙的譬喻。它將處世的哲學
簡單表出，卻能象徵複雜的事理，所以成爲一篇之警策。再如：

> 夫人善於自見，而文非一體，鮮能備善，是以各以所長，
> 相輕所短。里語曰：『家有弊帚，享之千金。』斯不自見
> 之患也。（曹丕·典論論文）

文人相輕的心理起於「善於自見」及「不自見」。上文借里語作
喻，通俗而眞切，有一語中的之妙。

二、相對表出

適當的對比，相襯互映，可以托顯主題。例如：

> 廣武君曰：『臣聞智者千慮必有一失；愚者千慮必有一得。
> 故曰：狂夫之言，聖人擇焉。』（史記·淮陰侯列傳）

「智者千慮必有一失」與「愚者千慮必有一得」是相對的兩個句
子；主旨雖在後句，但須有前句的襯托，主題才顯。再如：

> 趙良曰：『千羊之皮，不如一狐之掖。千人之諾諾，不如
> 一士之諤諤。』（史記·商君列傳）

兩句一組，主旨在後句。前句是用來襯托的——有前句的襯托，

後句始覺醒目。修辭學中稱此技巧爲「映襯」。更將兩組相對而看，前組是用來引導後組的。修辭學中又稱此爲「拱托」。總之是利用「綠葉襯紅花」的原理來彰顯主題、提振精神的。這便是「警策」之義。

19. 文字節奏之調整

庾信作〈馬射賦〉云：

> 落霞與芝蓋齊飛，楊柳共春旗一色。

清孔廣森說：

> 若刪去與、共字，便成俗響。（與朱滄眉書）

「與」、「齊」二字重複，「共」、「一」二字重複；都是連接詞，因此單用與雙用，文意無別。

歐陽修作〈峴山亭記〉云：

> 原凱銘功於二石，一置茲山，一投漢水。

清陸以湉說：

> 章子厚謂宜改作：一置茲山之上，一投漢水之淵，方爲中節。（冷廬雜識）

「一置茲山」意即「置茲山之上」；「一投漢水」意即「投漢水之淵」。因此有無「之上」與「之淵」，文意無別。由此可見，文字之多寡與文意之多寡，並無必然關係。

情緒是生命元素之一，恆隨人事而起伏。文章體裁分：敘

事、說理與抒情。其實「抒情」不能自絕於敘事與說理;「敘事」
與「說理」也不能自絕於抒情。所不同者,寫作之基本目的或在
抒情,或在敘事與說理,如此而已。語云:「辭,達而已矣!」
這個「達」,當指相關各元素都有恰如其分的表出。情緒既與人
事恆相伴隨,在運筆寫作之際,它也必隨文意之內容而起落。因
此表意之形式,無由不將情緒之狀態計算在內。

情緒之狀態是多元的,所以它的表出方式也是多元的。「緊
張」與「鬆弛」只是它的一個面向。這個面向的表出,方式之一
就是文字的節奏。節奏的急、緩,就是情緒的張、弛。

「節奏」本屬音樂名詞,原指「音樂的時間」之結構形式。
借來說明文字活動,就是指「文意進展的速度」之結構形式。「落
霞與芝蓋齊飛」七字一句,寫作「落霞芝蓋齊飛」六字一句,句
意無別,別在句長。相同的文意,若表成長句,便覺其進展的速
度慢;表成短句,便覺其進展的速度快。這快與慢,我們稱之為
節奏的急與緩。相對於節奏的急、緩,就是情緒的張、弛。節奏
能適度反應情緒,才是理想的文字作品。「落霞」、「楊柳」等句,
作六字不如作七字者,理由在此。

文字之多寡,不等於文意之多寡;所以文句之長短,也不
等於文意進展的速度。文意進展的速度取決於:「文意之多寡」
與「文字之多寡」的比。這比例的高低,才是文意進展的速度;
同時就是文字節奏的急、緩。因為一字之意有輕重虛實之別,所
以即使句長相等,給人的節奏感也不必然相同。古詩,有五言、
有七言,全篇句長相等,但節奏並不完全一律,道理在此。

文字節奏的表現,技巧不只一端。下面細加分類,舉例說

明。

壹、鑲　字

　　詞句中所鑲的字，可以說是有音無意，所以字多而意少。例如：

> 過著的，倒大多數是醉生夢死、花天酒地的浪子。(孽海花·第二十九回)

文中「花天酒地」，是「恣意酒色」之意。「花」與「酒」二字有實意，「天」與「地」二字只是陪襯者，沒有實意，故稱爲「鑲字」。與「醉生夢死」一語相較，區別可見。「鑲字」之法，所鑲無定字；使用數字的機會很多。例如：

> 來啊！到明日只弄的倒四顛三，一個黑沙也是不值。(金瓶梅·第三十三回)

文中「倒四顛三」，指「神智不清」之意。「倒」與「顛」二字有實意，「四」與「三」二字只是陪襯，沒有實意。「鑲字」之法，並非每鑲必二字，例如：

> 無論貧富，一經講到婦人穿戴，莫不興致勃勃。那怕手頭拮据，也要設法購求。(鏡花緣·第三十回)

文中「手頭拮据」，指經濟困窘，手中沒錢。「手」字有實意，「頭」字只是陪襯，沒有實意。

貳、嵌　字

「鑲字」所鑲，字無實意；「嵌字」所嵌，字雖有意，但形式之意重於實質之意。例如：

> 於是南嶽獻嘲，北隴騰笑，列壑爭譏，攢爭竦誚。(孔稚珪·
> 北山移文)

首二句，一寫南，一寫北。南、北二字習慣成雙，於是在駢句中，一嵌上句，一嵌下句。二字不能說沒有意思，但形式之意重於實質之意。再如：

> 其上則豐山，聳然而峙立；下則幽谷，窈然而深藏。(歐
> 陽修·豐樂亭記)

文中兩大句，一寫上，一寫下。山水景觀盡在眼前，作者筆到有先有後；不是先上後下，就是先左後右，如此而已。所以上、下二字，形式意義重於實質意義。

參、配　字

「配字」在文法學中，約等於「偏意複詞」之理：兩個異意或反意字，合成一個複音詞；其中一字有實意，另一字只是陪襯，沒有實意。例如：

> 鳳凰上擊九千里，絕雲霓、負蒼天，足亂浮雲，翱翔乎

杳冥之上。夫藩籬之鷃，豈能與之料天地之高哉？鯤魚
朝發崑崙之墟，暴鰭於碣石，暮宿於孟諸。夫尺澤之鯢，
豈能與之量江海之大哉？（楚辭·宋玉對楚王問）

江與海，均可以論大小；天與地，只有「天」可以論高低。所以
文中「豈能與之料天地之高哉」一句，「地」是配字——與「天」
配成一個複音詞；只是陪襯，沒有實意。「配字」並不限用於複
音詞之中，例如：

劉姥姥不敢過去，撣撣衣服，又教了板兒幾句話，然後
溜到角門前。只見幾個挺胸疊肚、指手畫腳的人，坐在
大門上說東說西的。（紅樓夢·第六回）

文中「說東說西」，是「鑲字」之例；「指手畫腳」則屬「配字」
之法——以「腳」配「手」；實意在「手」，不在「腳」——說話
者用手勢輔助而已，不用腳。

肆、虛　字

傳統所謂「虛字」，即相對於一般實字而言。舉凡今日所謂
「語助詞」、「關係詞」、「介繫詞」、「連接詞」等均屬之。雖稱為
虛字，實際有其文法功用。但因為不是實字，不增損文意，所以
適時的取捨，便有調整節奏之作用。例如：

弔祭不至，精魂何依？必有凶年，人其流離！嗚呼噫嘻，
時耶命耶？（李華·弔古戰場文）

文中「嗚呼」是哀詞,「噫嘻」是嘆詞,差別不大。相率而出,主要是爲構成四字句,以承啓上下文之格式。文意與文字不成比例,作用在節奏的調整。再如:

> 壬戌之秋,七月既望,蘇子與客泛舟遊於赤壁之下。清風徐來,水波不興。舉酒屬客,誦明月之詩,歌窈窕之章。(蘇軾·前赤壁賦)

文中「誦明月之詩」與「歌窈窕之章」是駢句。「明月之詩」與「窈窕之章」是指《詩經·陳風》的〈月出〉篇。按普通的寫法,只需作「明月詩」、「窈窕章」。今原文上下各加一關係詞「之」字,因此疏緩了節奏,表出了閒雅的情緻。

加字可以疏緩節奏,減字便可以密急節奏。例如:

> 今乃棄黔首以資敵國,卻賓客以業諸侯;使天下之士退而不敢西向,裹足不入秦。此所謂藉寇兵而齎盜糧者也。
> (李斯·諫逐客書)

文中「棄黔首以資敵國」與「卻賓客以業諸侯」,句法相同,都有一個憑藉性介繫詞「以」字。末句「藉寇兵」、「齎盜糧」,雖沒有「以」字,句法其實未變;還原即成「藉寇以兵」、「齎盜以糧」,而文意依舊。原文因爲減去「以」字,虛字少了,實字比例便提升了,所以節奏加快。再如:

> 襃城驛,號天下第一。及得寓目,視其沼,則淺混而茅;視其舟,則離敗而膠。庭除甚蕪,堂廡甚殘。烏睹其所

　謂宏麗者？（孫樵·書褒城驛壁）

末句是疑問句。疑問句通常使用語助詞，如「烏睹其所謂宏麗者也？」原文截去「也」字，語勢戛然而止，表出作者嚴肅的心情──原來這是一句責問的話。

伍、疊　字

　　一字重疊之後，取意或依舊、或變新。其依舊者，即是一意二字：文意依舊，而延伸一個音節。例如：

　依依脈脈兩如何？細似輕絲渺如波。（吳融·情詩）
　渺渺兮予懷，望美人兮天一方。（蘇軾·前赤壁賦）

上例「渺」字是幽遠之意；下例疊作「渺渺」，取意依舊。因為延伸一個音節，所以節奏寬緩。但如果因疊字而變新意，就沒有這個道理。例如：

　習習祥風，祁祁甘雨。（班固·東都賦）

文中疊字，《文選注》說：

　習習，和舒貌。祁祁，不暴貌。

「和舒」、「不暴」都不是「習」、「祁」二字原有之意。所以字雖疊而意不疊。

　　另外，有的疊字雖不變原意，但字疊而意亦疊，例如：

　　　　尋尋覓覓，冷冷清清。（李清照·聲聲慢）

文中「冷冷清清」，字疊而意不疊，仍是原來「冷清」之意；而
「尋尋覓覓」則字疊而意亦疊，多了一層「反復」之意，已不只
是原來「尋覓」之意了。

陸、同文反復

　　相同的字，在文中反復出現：字數，多寡不等；距離，雖
不必相鄰，但相去不遠。因爲同文同意，乃與上述「疊字」之理
相似。例如：

　　　　承歡侍宴無閒暇，春從春遊夜專夜。後宮佳麗三千人，
　　　　三千寵愛在一身。（白居易·長恨歌）

第二句中，「春」字、「夜」字反復出現。第三、四句中，「三千」
一詞反復出現。因此雖同爲七字句，但節奏的疏密並不一致。再
如：

　　　　生乎吾前，其聞道也，固先乎吾，吾從而師之；生乎吾
　　　　後，其聞道也，亦先乎吾，吾從而師之。（韓愈·師說）

文中反復之字甚多，所以文雖長，而文意進行之速度不快，表現
著從容不迫之意態。

柒、異文反復

　　此「異文」，指字異而意同者。不同的文字，表層意義總有不同，但裡層意義可能相同。因此「異文反復」與「同文反復」便可有類似的作用。例如：

> 夫功之成，非成於成之日，蓋必有所由起；禍之作，非作於作之日，亦必有所由兆。（蘇洵·管仲論）

上半段有「成」字的同文反復；下半段有「作」字的同文反復。上下合看，「成」字與「作」字則是異文反復之例：二字表層意義有別，裡層意義實同。再如：

> 豈可使芳杜厚顏，薜荔蒙恥，碧嶺再辱，丹崖重滓。（孔稚珪·北山移文）

文中「厚顏」與「蒙恥」，「再辱」與「重滓」，文雖異而意實同。全文雖有四句之多，而文意份量並不相當，類似「同文反復」之理。

捌、省　略

　　文字省略而文意不減時，此「省略」便起節奏調整之作用。例如：

> 若是死時，我與你們同死；活時，同活。（水滸傳·第二回）

下文承上文而省略六字；但減字數，不減文意，所以節奏緊湊。
再如：

> 其言道德仁義者，不入於楊，則入於墨；不入於老，則
> 入於佛。入於彼，必出於此。入則主之，出則奴之；入
> 則附之，出則汙之。（韓愈·原道）

文中彼、此、之三個代名詞，可以代其上文「楊」、「墨」、「老」、
「佛」四家中之任一家。文意不減，而省卻許多筆墨，節奏自然
勁快。

「承上省略」是一種省略；「省略次要的文字」，是另外一
種省略。例如：

> 披堅執銳，臨難不顧，身先士卒；賞必行，罰必信。（三
> 國演義·第七十二回）

文中「披堅執銳」是「披堅甲、執銳兵」一語之省略——省略次
要的字，留下首要的字。文意依舊，而節奏加促。再如：

> 試問捲簾人，卻道『海棠依舊！』知否知否？應是綠肥
> 紅瘦！（李清照·如夢令）

文中「綠肥紅瘦」是「綠葉肥、紅花瘦」一語之省略。文意不減，
而節奏加促，表現「女主人」之口吻。

玖、節　縮

「節縮」含「節短」與「縮合」二意。「節短」之法類似「省略」而有區別。基本上是引用舊語，而有所取、捨。例如：

> 其與門弟子言，舉堯舜所謂『危、微、精、一』之語，一切不道；而但曰：『允執其中。四海困窮，天祿永終。』（顧炎武·與友人論學書）

文中「危、微、精、一」之語，取自《尚書》：

> 人心惟危，道心惟微；惟精惟一，允執厥中。（大禹謨）

節取四字，合成一句。句雖四字，實含十六字之意。再如：

> 環堵蕭然，不蔽風日；裋褐穿結，簞瓢屢空，晏如也。（陶潛·五柳先生傳）

文中「簞瓢屢空」之語，取自《論語》：

> 子曰：回也，其庶乎！屢空。（先進）
> 子曰：賢哉回也！一簞食，一瓢飲，在陋巷，人不堪其憂。（雍也）

節取兩章之文字，而合成一句。句雖四字，卻含兩章之文意。

至於「縮合」之法，是指兩字合音而成一字者，亦即「反切」之理。例如：

> 行之乎仁義之途，遊之乎詩書之源；無迷其途，無絕其
> 源。……用則施諸人，舍則傳諸其徒，垂諸文而爲後世
> 法。（韓愈·答李翊書）

之、乎二字，合音爲「諸」字。前文用「之乎」，後文用「諸」
字；意義無別，字數不等而已。分別選用，可以調整作品之節奏。

拾、轉　品

「轉品」就是轉變詞性。詞性轉變的結果，通常是：新意
增生而舊意猶在。文意增加而字數不變，節奏當然加快。例如：

> 伯夷、叔齊叩馬而諫曰：『父死不葬，爰及干戈，可謂孝
> 乎？以臣弑君，可謂仁乎？』左右欲兵之。（史記·伯夷列
> 傳）

末句「兵」字本是名詞，意爲「兵器」；轉爲動詞，意爲「以兵
器加身」。因轉品而文意加多，節奏乃得到調整。再如：

> 當愁醉醲，當飢飽鮮；囊帛櫝金，笑與秩終。（孫樵·書褒
> 城驛壁）

文中「醉」、「飽」、「囊」、「櫝」四個轉品：「醉」與「飽」，由形
容詞轉爲動詞，意爲「喝醉」、「吃飽」。「囊」與「櫝」，由名詞
轉爲動詞，意爲「以囊盛之」、「以櫝納之」。全文雖只十六字，
而文意則遠爲豐實，節奏自然緊迫。

拾壹、設　問

先設問題而後作答者，雖不是直接陳述，意思終究相同。但因字數顯然加多，所以影響節奏之急緩。例如：

> 予樂而如其言，則崇其臺、延其檻，行其泉於高者而墜之潭，有聲潀然；尤與中秋觀月爲宜。於以見天之高、氣之迥。孰使予樂居夷而忘故土者？非茲潭也歟？（柳宗元·鈷鉧潭記）

文末「孰使予樂居夷而忘故土者？非茲潭也歟？」就是設問作答。這是全篇的尾句，不作直接陳述者，只爲緩和節奏，以配合收筆之情緻而已。再如：

> 是進亦憂，退亦憂；然則何時而樂耶？其必曰：先天下之憂而憂，後天下之樂而樂。（范仲淹·岳陽樓記）

文中「然則何時而樂耶？」就是一個設問。這個設問給予上下文一個緩衝時間；然後結尾的兩個警句得以釋出。

拾貳、夾　註

此「夾註」是指文章「夾敘夾註」的行文方式。「設問」是作者自問自答，以延緩文意進展之速度；「夾註」是作者自敘自註——因作註而重複原意，以延緩文意進展之速度。例如：

若夫日出而林霏開，雲歸而嚴穴暝——晦明變化者，山
間之朝暮也。(歐陽修·醉翁亭記)

末兩句就是「夾註」，用以重述前兩句之意含。原文全篇多用此
法，因而表現了特有的情趣。

文字節奏之調整，方法不知凡幾。上述諸法是個人目前蒐
羅所得。不盡之處，當俟日後補充。

20. 評述《修辭通鑑》的「變式比喻」

　　造就譬喻格的三元素是：喻體、喻詞、喻依。譬喻格的基本類型就依此三元素之狀態而分。陳望道《修辭學發凡》區分譬喻格為「明喻」、「隱喻」、「借喻」三個類型。晚進學者從「隱喻」之中再析出一個類型，稱為「略喻」。於是譬喻格的基本類型便有四個。大陸學者成偉鈞等人所編《修辭通鑑》一書，用「比喻」為名，沿襲舊制，區分「比喻」之基本類型為三；唯「隱喻」之名改為「暗喻」。此外，另出二十個「變式比喻」，名稱是：引喻、曲喻、倒喻、對喻、回喻、互喻、反喻、逆喻、較喻、補喻、提喻、進喻、縮喻、擴喻、不喻、連喻、派生喻、兼喻、類喻、博喻。這二十個「變式」是由基本類型「擴展、伸延或變衍而成的」。《修辭通鑑》平面地陳列它們。在逐一解說之際，雖也時作比較，說明異同；但只是隨文提示，尚不足以形成系統性的建構。本〈評述〉之撰寫即著眼於此──為形成其系統性的建構，對該二十個「變式」之要義，重加分析、比較。依性質之異同遠近，將之納為四個系，分別標名為：「兼用的」、「多重的」、「變造的」、「否定的」；然後逐一詳作說明。並援引原書之文例以為參核，期減

免對原書之誤解。至於術語之使用,「喻體」、「喻依」二名,原書分別稱作「本體」、「喻體」;本篇悉依其用法,以示尊重。下文即依序論述之。

壹、兼用的

實際的修辭活動,經常是多種辭格合併使用的。其中與比喻格併用的機會尤多。這一系包括:兼喻、互喻、引喻、補喻、對喻、較喻六個「變式比喻」。

一、兼 喻

兩個以上的比喻先後相隨,前一個比喻的喻體,恰為後一個比喻的本體;如此相銜而出,作「層遞」之狀,即為「兼喻」。《修辭通鑑》的文例是:

> 獨上江樓思悄然,
> 月光如水水如天;
> 同來玩月人何在?
> 風景依稀似去年。(趙嘏·江樓感舊)

文中「月光如水水如天」一語,上下文銜接的「水」字,既是上文的喻體,又是下文的本體,所以是「比喻」與「層遞」兩格併用的修辭法。因為「層遞格」是用「頂真句法」,所以「兼喻」亦稱「頂喻」。

二、互　喻

　　前一個比喻的喻體，作爲後一個比喻的本體，成相銜之狀，是爲「兼喻」。如果同時用前一個比喻的本體，作爲後一個比喻的喻體，就不只中間相銜；首尾也相銜了。這叫做「互喻」。「互喻」之中必然有辭語的重複使用，此在修辭學中稱爲「複辭」——屬於「複疊格」。《修辭通鑑》的文例是：

> 遠遠的街燈明了，
> 好像閃著無數的明星。
> 天上的明星現了，
> 好像點著無數的街燈。（郭沫若·天上的街市）

文中「街燈」、「明星」二詞，分別爲上文的本體與喻體；又分別爲下文的喻體與本體。所以形成循環往復的狀態。是「比喻」與「複疊」兩格併用的修辭法。

三、引　喻

　　援引外來的語料以輔助正文者，修辭學中稱爲「引用格」。如果引進之語料是作爲正文之喻體時，即成「比喻」與「引用」兩格併用的修辭法。《修辭通鑑》的文例是：

> 我們應該研究一下文章怎樣寫得短些，寫得精粹些，……長而空不好，短而空就好麼？也不好。我們應當禁絕一切空話。但主要的和首先的任務，是把那些又長又臭的懶婆娘的裹腳，趕快扔到垃圾桶裡去。或者有人要說：《資

> 本論》不是很長的麼，那又怎麼辦？這是好辦的，看下
> 去就是了。俗話說：「到什麼山上唱什麼歌。」又說：「看
> 菜吃飯，量體裁衣。」我們無論做什麼事都要看情形辦
> 理，文章和演說也是這樣。我們反對的是空話連篇言之
> 無物的八股調，不是說任何東西都以短爲好。戰爭時期
> 固然需要短文章，但尤其需要有內容的文章。(毛澤東·反
> 對黨八股)

文中引語有「到什麼山上唱什麼歌」、「看菜吃飯，量體裁衣。」
所喻之本體在下文 (「我們無論做什麼事都要看情形辦理，文章和演說
也是這樣。」) 所以是「比喻」與「引用」兩格併用的修辭法。所
引之喻體，或許常出現在本體之前；但也可以出現在本體之後。

四、補　喻

　　既名「補喻」，當然是喻體補在本體之後。但「補」字的主
要意思是「補充說明」。由於補充說明，以致中輟正文之文勢，
修辭學中稱爲「岔斷」——屬於「跳脫格」。《修辭通鑑》的文例
是：

> 唐朝人早就知道，窮措大想做富貴詩，多用些「金」、「玉」、
> 「錦」、「綺」字面，自以爲豪華，而不知道適應其寒蠢。
> 眞會寫富貴景象的，有道：「笙歌歸院落，燈火下樓臺。」
> 全不用那些字。「打打」、「殺殺」，聽去誠然是英勇的，
> 但不過是一面鼓。即使是鼕鼓，倘若前面無敵軍，後面
> 無我軍，終不過是一面鼓而已。

我以爲根本問題是在作者可是一個「革命人」？倘是的，
則無論寫的是什麼事件，用的是什麼材料，即都是「革
命文學」。從噴泉裡噴出來的都是水，從血管冒出來的都
是血。「賦得革命，五言八韻。」是只能騙騙盲試官的。（魯
迅・革命文學）

文中本體是「我以爲根本問題是在作者可是一個革命人？倘是
的，則無論寫的是什麼事件，用的是什麼材料，即都是革命文學。」
喻體是「從噴泉裡噴出來的都是水，從血管冒出來的都是血。」
這喻體是「補充說明」的性質——沒有它，文勢順暢完整；有了
它，文勢爲之岔斷。

五、對　喻

　　「對喻」的「對」字有兩層意思：一是語法對稱；二是語
意對稱。對稱的語法屬於「排偶格」；對稱的語意屬於「映襯格」。
所以「對喻」乃是「比喻」、「排偶」、「映襯」三格併用的修辭法。
《修辭通鑑》的文例是：

臣聞地廣者粟多，國大者人眾，兵強者士勇。是以泰山
不讓土壤，故能成其大；河海不擇細流，故能就其深；
王者不卻眾庶，故能明其德。是以地無四方，民無異國，
四時充美，鬼神降福；此五帝三王之所以無敵也。今乃
棄黔首以資敵國，卻賓客以業諸侯；使天下之士退而不
敢西向，裹足不入秦。此所謂藉寇兵而齎盜糧者也。夫
物不產於秦，可寶者多，士不產於秦，而願忠者眾。今

> 逐客以資敵國，損民以益讎，內自虛而外樹怨於諸侯，
> 求國無危，不可得也。」（李斯·諫逐客書）

文中「對喻」有兩個：「地廣者粟多，國大者人眾，兵強者士勇」、「泰山不讓土壤，故能成其大；河海不擇細流，故能就其深；王者不卻眾庶，故能明其德」——成分相同，都是兩個喻體與一個本體的組合。而且前後語法對稱、本體在後、不用喻詞、本體都以陳述義理為旨。為了表達一個義理，而先陳示幾個相當的事類以為引導，形成前後映襯之局。此種映襯法，也有學者稱為「拱托」。因為本體在後、諸喻在前，有「眾星拱月」之緻，因以為名。前後語法的對稱性，可以說是配合前後語意的對稱性而造的。

六、較　喻

　　修辭學的「誇飾格」本來就有「比較」之法，藉「比大的更大」、「比小的更小」來達成誇飾之目的。那就是「比喻」與「誇飾」兩格併用的修辭法。《修辭通鑑》的文例是：

> 我的媽媽不知道我正睡在這個奇異的，美麗的小床裡。
> 而且，我把眼睛閉起來，裝做看不見她；
> 你知道麼，我的媽媽把水潑在豆畦裡，過了一會兒，她便走了；
> ——我麼，我一直把眼睛閉著，可真好啊，
> 這時，好像有誰用湯匙把一滴一滴的甜汁，送到我口裡。
> ——好甜，好甜啊！比一杯蜜還甜，好像乳汁一般的……
> 原來是媽媽澆在豆畦裡的清水，從地下的根，把水送到

我口裡……（郭風·豌豆的小床）

文中本體是「甜汁」，喻體是「蜜」。說「甜汁」比「蜜」
還甜，就是藉「比喻」達到「誇飾」之目的。「誇飾」本有「正
向誇飾」、「反向誇飾」之分，所以「較喻」也有「強喻」、「弱喻」
之分，原理無二。《修辭通鑑》在「較喻」之下還有「等喻」一
項，一般是用「差不多」一類的喻詞來表現。但既然本體與喻體
差不多，那就與普通比喻（「基本類型」）無二了。

貳、多重的

描述一個主題，連續使用多個比喻，就是「多重的比喻」。
這一系包括：博喻、類喻、進喻、派生喻、連喻五個「變式比喻」。

一、博 喻

用多個喻體，平行描述一個本體——多方做喻，稱為「博喻」。
《修辭通鑑》的文例是：

> 你要告訴我什麼？儘量的告訴我。像一條河流似的，儘
> 量把她的積怨交給無邊的大海。像一朵高爽的葵花，對
> 著和暖的陽光，一瓣瓣的展露她的秘密。你要我的安慰，
> 你當然有我的安慰，只要有我，要什麼有什麼。（徐志摩·
> 致陸小曼）

文中本體是「儘量的告訴我」；喻體之一是「像一條河流似的，

盡量把她的積怨交給無邊的大海」，之二是「像一朵高爽的葵花，對著和暖的陽光，一瓣瓣的展露她的秘密」。因多方做喻，亦稱為「複喻」。

二、類　喻

像「博喻」一般，用多個喻體平行描述一個本體；但這些喻體原屬於同一個概念，可以說是一個概念之下的各方面。既然是從這些方面去描述本體，各喻體彼此之間，自然呈現相類相屬的關係——此與「博喻」不同，稱為「類喻」。《修辭通鑑》的文例是：

> 撐著油紙傘，獨自
> 徬徨在悠長，悠長
> 又寂寥的雨巷，
> 我希望逢著
> 一個丁香一樣地
> 結著愁怨的姑娘。
> 她是有
> 丁香一樣的顏色
> 丁香一樣的芬芳
> 丁香一樣的憂愁，
> 在雨中哀怨，
> 哀怨又徬徨
>
> 她徬徨在這寂寥的雨巷，

撑著油紙傘，

像我一樣，

像我一樣地，

默默行著

冷漠，淒清，又惆悵。（戴望舒·雨巷）

文中本體是「姑娘」，喻體三個：「丁香一樣的顏色」、「丁香一樣的芬芳」、「丁香一樣的憂愁」。因為「顏色」、「芬芳」、「憂愁」三者同屬「丁香」一概念之各方面；用它們來描述本體，乃形成一類的喻體。所以是為「類喻」。

三、進 喻

　　用來描述一個本體的喻體，再被細分作幾個部分，或幾個階段，進一步描述、進一步比喻者，稱為「進喻」。《修辭通鑑》的文例是：

　　海灘上大大小小的石塊，在暮色蒼茫中彷彿是一群海鳥或是一群海獸，有的是站著，有的是臥著，有的像要拍著翅翼飛去了，有的是要走動了；一捲潮水湧了上來，將大石塊吞去時，恰像一隻海獸投入海中，不久又現了出來，像在海裡游戲。那許多零亂的小石塊，就是在海中沐浴的海鳥，這簡直不是想像，你站在這種石塊旁邊，在暮色中，你要想那石塊確然要移動了，像要撲到你身上來吞噬了你，這是活的，這是有靈魂的，陽光下是石塊，朦朧中就是動物了。（徐蔚南·寄雲的話）

文中本體是「海灘上大大小小的石塊」，喻體是「一群海鳥或是一群海獸」。而這一群海鳥或是一群海獸，「有的是站著，有的是臥著」、「像要拍著翅翼飛去了」、「像一隻海獸投入海中」……如此進一步描述、進一步比喻，是為「進喻」。

四、派生喻

對喻體做進一步描述、進一步比喻，稱為「進喻」；平列多個「進喻」，以描述一個共同本體，形成同根共榦、枝椏密佈的型態者，稱為「派生喻」。「博喻」的特徵在廣度，「進喻」的特徵在深度，而「派生喻」則兼廣度與深度而有之。《修辭通鑑》的文例是：

> 那裡，
> 好像有一座萬頃的玫瑰園，
> 正在開放火焰一般的紅色的玫瑰花和橙黃色的玫瑰花。
> 那裡，
> 好像有一座萬頃的果樹園，
> 園中種著千萬柑樹，千萬桔樹和千萬石榴樹；樹上正在結著黃色的火焰一般的果實，正在結著紅色的火焰一般的果實。
> 那裡，
> 好像有千萬棵點著燭光的楓樹，站在火光照耀的山崗上；
> 那裡，好像有千萬叢火般的杜鵑花，正在誇耀四月的絢麗，開放在火般的山崗上。

那裡，

好像有一座萬頃的草原，

——草原上，好像正在燃燒萬堆爝火，有火般的牛和羊，

有火般的牧人。

那裡，

好像有一座無垠的海灣，

——它的海岸的懸崖上和它的港口，到處升起爝火；它的

波浪和船，好像正在向著無垠流動的火焰……（郭風·秋

天的晚霞）

文中本體是「晚霞」，喻體有五個：「一座萬頃的玫瑰園」、「一座
萬頃的果樹園」、「千萬棵點著燭光的楓樹，站在火光照耀的山崗
上」、「一座萬頃的草原」、「一座無垠的海灣」。每個喻體之下都
有進一步的描述、比喻，如「火焰一般的紅色的玫瑰花」、「黃色
的火焰一般的果實」、「千萬叢火般的杜鵑花，正在誇耀四月的絢
麗」、「正在燃燒萬堆爝火」、「向著無垠流動的火焰」……。如此
由根幹向四面張開，像枝椏密佈之形，是為「派生喻」。

五、連　喻

　　一件事物用一個比喻，多件事物並排，就有多個比喻並連。
稱為「連喻」。「博喻」是一體多喻，「連喻」是多體多喻，這是
區別所在。《修辭通鑑》的文例是：

晴天大海萬里藍，

一陣狂風

忽然捲起百丈煙。

煙霧迷茫,

好像十萬發炮彈,

同時炸林園;

黑雲亂翻,

好像十萬隻烏鴉

同時搶麥田。

風足雨腳如響箭,

只聽見嗚嗚呼呼

飛近海島邊。

風聲淒厲,

彷彿一群群狂徒

呼天搶地咒人間;

雷聲嗚咽,

彷彿一群群惡狼

狂嚎猛吼鬧青山。

刀風箭雨入海島,

殺氣重重

直指紅旗百丈杆。

大雨嘩嘩,

猶如千百個地主老爺

一齊揮黑鞭;

雷電閃閃,

猶如千百個衙役腿子

一齊抖鎖鍊。(郭小川・戰颱風)

文中「煙霧迷茫，好像十萬發炮彈，同時炸林園」、「黑雲亂翻，好像十萬隻烏鴉同時搶麥田」、「風足雨腳如響箭」、「風聲淒厲，彷彿一群群狂徒呼天搶地咒人間」、「雷聲嗚咽，彷彿一群群惡狼狂嗥猛吼鬧青山」、「大雨嘩嘩，猶如千百個地主老爺一齊揮黑鞭」、「雷電閃閃，猶如千百個衙役腿子一齊抖鎖鍊」，共有七個比喻並列。每個比喻都有自己的本體、喻體。

參、變造的

對「明喻」而言，「暗喻」、「借喻」都可以說是它的變造者。「變造」之意就是變化、改造。凡由變化、改造而成的型態，都可以藉著還原其初型而加以檢視、說明。這一系包括：提喻、倒喻、擴喻、曲喻、逆喻、縮喻六個「變式比喻」。

一、提 喻

基本上這是一個明喻，不過是將喻體提前、本體挪後，不同於常序而已。喻體提前，喻詞自然跟進。《修辭通鑑》的文例是：

> 她帶著一種必當工人的豪邁步伐，興沖沖地踏進了縣城南門。
>
> 猶如一滴水落進渭河裡頭去了，改霞立刻被滿街滿巷走

　　來走去的閨女淹沒了。啊呀！誰也說不清投考的人有多
　　少！街頭巷尾，一片學生藍。剪短的和編辮的黑油油的
　　頭髮，在改霞眼前動盪著，動盪著。(柳青·創業史)

文中本體是「改霞立刻被滿街滿巷走來走去的閨女淹沒了」，喻
體是「一滴水落進渭河裡頭去了」，喻詞是「猶如」。

二、倒　喻

　　「提喻」是喻體提前，「倒喻」是本體挪後，其實意義相同。
真正問題應在「喻詞」位置的不同。「提喻」之例，喻詞在喻體
之前；「倒喻」之例，喻詞在喻體之後。《修辭通鑑》的文例是：

　　晨安！常動不息的大海呀！
　　晨安！明迷恍忽的旭光呀！
　　晨安！詩一樣湧著的白雲呀！
　　晨安！平勻明直的雨絲呀！詩語呀！
　　晨安！情熱一樣燃著的海山呀！
　　晨安！梳人靈魂的晨風呀！
　　晨風呀！你請把我的聲音傳到四方去吧！(郭沫若·晨安)

文中「詩一樣湧著的白雲」：本體是「白雲」，喻體是「詩」，喻
詞是「一樣」。在語法習慣上，「一樣」放在喻體之後；「如」放
在喻體之前。所以「如詩的白雲」，改寫可以作「詩一樣的白雲」，
意思不變。文中還有一個「倒喻」——「情熱一樣燃著的海山」，
道理相同。

三、擴 喻

　　文字作品的規模，小至一詞一句，大至一章一段。一般的比喻法，多以詞句爲單位，少以章段爲單位。一章一段，字數較多，做成比喻，即不易顯示一般的格式；但實質意義仍爲比喻格。如此比喻，稱爲「擴喻」。意謂：比喻的擴大形式。《修辭通鑑》的文例是：

> ──看啊，這時橋下的溪流中，照耀著好多好多的紅燈和黃燈了；啊，看啊，在好多好多的黃燈、紅燈中間，忽地飄飛著無數彩色的雪花。
> 飄舞著藍的雪花、白的雪花、紫的雪花，
> 飄舞著黃的雪花，發黃的雪花，檸檬黃的雪花⋯⋯
> ──呵，看啊，原來三色堇們，香水花和黃薔薇們提著花籃，排成隊伍從松木橋上走過了，一齊從花籃裡把花瓣向溪流中撒下去了，撒下去了⋯⋯
> 呵，看呵，這時有好多好多的向日葵從草地上的籬笆邊，排成隊伍走到松木橋上來了，
> ──呵，看呵，這時溪水全都發亮了，溪水中間照耀著一朵又一朵正在歡呼的黃色的太陽⋯⋯
> 呵，看呵，看呵，在好多好多的黃色的太陽中間，照耀著好多好多淡紅的傘，濃紅的傘，玫瑰紅的傘和紅蓮般紅的傘⋯⋯
> ──呵，原來我們這個童話中的主人公們，
> 紅菽們也參加了遊行隊伍，正和向日葵的遊行隊伍一起

從松木橋上走過了，正和向日葵們，和所有的花朵們
一起讚美夏天的早晨的
歡樂，一起讚美夏天的早晨的五色繽紛、繁榮和豪華。（郭
風·紅菰們的旅行）

文中本體在後，是「三色堇們，香水花和黃薔薇們提著花籃，排
成隊伍從松木橋上走過了，一齊從花籃裡把花瓣向溪流中撒下去
了……」；喻體在前，是「這時橋下的溪流中，照耀著好多好多
的紅燈和黃燈了；……在好多好多的黃燈、紅燈中間，忽地飄飛
著無數彩色的雪花……」。本體與喻體各是一段長文，導致「喻
詞」難以安置，便省略不用了。

四、曲　喻

「曲喻」的定義，《修辭通鑑》說：「從喻體的某一方面，
轉移、聯想到喻體的另一方面。通過這種聯想，使本體同喻體產
生比喻關係。」它的文例是：

阿 Q「先前闊」，見識高，而且「眞能做」，本來幾乎是
一個「完人」了，但可惜他體質上還有一些缺點。最惱
人的是在他頭皮上，頗有幾處不知起於何時的癩瘡疤。
這雖然也在他身上，而看阿 Q 的意思，倒也似乎以爲不
足貴的，因爲他諱說「癩」以及一切近於「賴」的音，
後來推而廣之，「光」也諱，「亮」也諱，再後來，連「燈」
「燭」都諱了。一犯諱，不問有心與無心，阿 Q 便全疤
通紅的發起怒來，估量對手，口訥的他便罵，氣力小的

他便打；然而不知怎麼一回事，總還是阿 Q 吃虧的時候多。於是他漸漸的變換了方針，大抵改爲怒目而視了。

誰知道阿 Q 採用怒目主義之後，未莊的閒人們便愈喜歡玩笑他，一見面，他們便假作吃驚的說：

「噲，亮起來了。」

阿 Q 照例的發了怒，他怒目而視了。

「原來有保險燈在這裡！」他們並不怕。

阿 Q 沒有法，只得另外想出報復的話來：

「你還不配……」這時候，又彷彿在他頭上的是一種高尚的光榮的癩頭瘡，並非平常的癩頭瘡了。（魯迅·阿Q正傳）

文中本體是「癩瘡疤」，喻體是「光」、「亮」。由「光」、「亮」轉移、聯想到「燈」、「燭」。因爲轉移、聯想，使比喻的意義更曲折，故稱「曲喻」。這是《修辭通鑑》的意思。我們的見解是：「光」、「亮」乃是「癩瘡疤」的特徵、屬性；屬性與本體是不能構成比喻關係的。所以「癩瘡疤」的喻體不是「光」、「亮」，而應是「燈」、「燭」。「光」、「亮」只是「癩瘡疤」與「燈」、「燭」之間的聯絡者——當喻體與本體之距離遠，其間相似點不易明白時，即需有一媒介來聯絡雙方，此一比喻方能造就。如此經過一個聯想的手續、輾轉而成的比喻，便可稱爲「曲喻」。

五、逆　喻

「逆喻」仍屬本體後置的形式。但其要義不在「本體」與

「喻體」的位置顛倒。而在「本體」與「喻體」的身分顛倒。這身分的顛倒，當然只是表面的印象。《修辭通鑑》的文例是：

> 君不見徐卿二子生絕奇，感應吉夢相追隨。孔子釋氏相抱送，並是天下麒麟兒。大兒九歲色清澈，秋水爲神玉爲骨。小兒五歲氣食牛，滿堂賓客皆回頭。吾知徐公百不憂，和善哀哀生公侯。丈夫生兒有如此二雛者，各位豈肯卑微休。(杜甫·徐卿二子歌)

文中「秋水爲神」、「玉爲骨」就是兩個「逆喻」。這兩個句子的原始句法應是「秋水爲其神」、「玉爲其骨」——句中「其」字有時省略。「秋水爲其神」之意就是「神爲秋水」；「玉爲其骨」之意就是「骨爲玉」。句中「爲」字，在文法學中是「繫詞」，但在比喻格中則爲「準喻詞」。所以「神爲秋水」就是「神如秋水」之意；「骨爲玉」就是「骨如玉」之意。如此曲折的變造過程，造就「逆喻」的特有型態。

六、縮　喻

「縮喻」的定義，《修辭通鑑》說：「省略喻詞，本體與喻體直接組合成一種偏正詞組，構成本體修飾喻體，或本體限制喻體的關係。」它的文例是：

> 桂長林漲破了喉嚨似的在一旁喊，在那群眾的大隊周圍跑。歡呼的聲音從群眾堆裡起來了，人的潮水又動盪；可是轉了方向，朝廠門去了。何秀妹一邊走，一邊大喊：

「打倒屠夜壺！打倒桂長林！」可是只有百多個聲音跟她喊。「打倒錢葆生！」——姚金鳳也喊起來。那一片應聲就是女工們全體。陳月娥和張阿新在一起走，不住地咬牙齒。現在陳月娥想起昨晚上瑪金和蔡眞的爭論來了。她恐怕「衝廠」的預定計畫也不能做到。

然而群眾的潮水將到了廠門的時候，張阿新高喊著「衝廠」，群眾的應聲又震動了四方。（茅盾·子夜）

文中縮喻之一：「人的潮水」。其原始意義是「人如潮水」——「潮水」是喻體，「人」是本體。變形作「人的潮水」，成為詞組——「潮水」是主體詞，「人」成為附加詞。因為主客倒反，故稱為「縮喻」。下文另一個縮喻：「群眾的潮水」，原理相同。這是《修辭通鑑》的意思。我們的見解是：「比喻」與「比擬」是關係密切而有分別的辭格。當「人如潮水」之意，寫成「人的潮水」之語型時，它就不再是「比喻」的性質，而是「比擬」的性質。諸如「人潮」、「心扉」、「腦海」之類的詞組，在修辭學上都應屬於「比擬」之格。所以「縮喻」的成立，尚待商榷。

肆、否定的

此法，否定的對象是「喻體」。但既以之為喻體，便已對之有所肯定，不是全然否定之意。實際就是：既要以之為憑藉，又不要以之為限制罷了。這一系包括：回喻、反喻、不喻三個「變式比喻」。

一、回　喻

　　文章起頭便以「喻體」當「本體」用；只在末了才出現真
正的「本體」，同時便對「喻體」表達了否定之意。《修辭通鑑》
的文例是：

> 站在高山往下望，
>
> 井場流水翻黑浪，
>
> 不是水，
>
> 原是原油出閘展翅飛。（民歌·站在高山上）

文中本體實際是「原油」；喻體是「流水」。但文章起頭便以「流
水」爲本體，進行述說。至文末始對之表出否定之意，而回歸眞
正的本體。

二、反　喻

　　此法，主要筆墨仍用在描述本體；其間對「喻體」的提出
及否定，實乃藉以托現「本體」而已。《修辭通鑑》的文例是：

> 山還是那樣高，湖還是那樣寬，
>
> 剛剛告別昆明，滇池難道和我結伴下河南？
>
> 風卻是這麼清，水卻是這麼藍，
>
> 明明在中原落腳，爲什麼又像遨遊西子湖邊？
>
> 不是滇池的水呀，不是滇池岸邊的山，
>
> 滇池的山水，哪有這兒土熱、山新、水味甜！
>
> 不是西湖的風呀，不是西湖上的雲煙，

西湖的風光，哪有這兒天高、雲淡、景色鮮！（郭小川·
三門峽）

文中本體是「三門峽」，喻體是「滇池」、「西湖」。否定「滇池」、
「西湖」，乃所以托現「三門峽」也。

三、不　喻

　　對一個本體做多重的比喻如「博喻」一般；卻在每一比喻
過後，隨即加以否定，是爲「不喻」。既然否定所有喻體，當然
就會回歸本體──這一點又與「回喻」、「反喻」相同。《修辭通
鑑》的文例是：

> 一條鐵帶拴上了長江的腰，
> 在今天竟提前兩年完成了。
> 有位詩人把它比作洞簫，
> 我覺得比得過於纖巧。
> 一般人又愛把它比作長虹，
> 我覺得也一樣不見佳妙。
> 長虹是個半圓的弧形，
> 舊式的拱橋倒還勉強相肖。
> 但這，卻是坦坦蕩蕩的一條。
> 長虹是色彩層層，瞬息消逝。
> 但這是鋼骨結構，永遠堅牢。
> 我現在又把它比作腰帶，
> 這可好嗎？不，也不太好……

　　那麼，就讓我不加修飾地說吧：

　　它是難以比擬的，不要枉費心機，

　　它就是它，它就是長江大橋。（郭沫若·武漢長江大橋）

文中本體就是「長江大橋」，喻體有三個：「洞簫」、「長虹」、「腰帶」。此中特色是：多重比喻，並逐一否定。

　　修辭之技巧無限，《修辭通鑑》介紹比喻之變式二十個，雖屬詳細，但未必即是「變式比喻」之終極數目。本篇僅依其間性質遠近，區分爲四，納成系統。其中「較喻」一式，或應歸屬「誇飾」之格；「提喻」、「倒喻」二式，型態相當，或可合併；而「曲喻」、「縮喻」二式之定義，則有待商榷。凡此意見，當俟大雅君子之公裁。

國家圖書館出版品預行編目資料

辭格比較概述

蔡謀芳著. - 初版. - 臺北市：臺灣學生，
2001[民 90]
面；公分；

ISBN 957-15-1091-2 (平裝)

1. 中國語言 – 修辭 – 論文，講詞等

802.707   90012014

辭 格 比 較 概 述 (全一冊)

著　作　者：蔡　　　　　謀　　　　　芳
出　版　者：臺　灣　學　生　書　局
發　行　人：孫　　　　善　　　　治
發　行　所：臺　灣　學　生　書　局
　　　　　　臺北市和平東路一段一九八號
　　　　　　郵 政 劃 撥 帳 號：0 0 0 2 4 6 6 8
　　　　　　電　話：（0 2）2 3 6 3 4 1 5 6
　　　　　　傳　眞：（0 2）2 3 6 3 6 3 3 4
本書局登
記證字號　：行政院新聞局局版北市業字第玖捌壹號
印　刷　所：宏　輝　彩　色　印　刷　公　司
　　　　　　中 和 市 永 和 路 三 六 三 巷 四 二 號
　　　　　　電　話：（0 2）2 2 2 6 8 8 5 3

定價：平裝新臺幣二一〇元

西　元　二　〇　〇　一　年　八　月　初　版

80286
ISBN 957-15-1091-2 (平裝)

臺灣 學生書局 出版
中國語文叢刊